Illustration©Huyuko Aoi

Tiara Label

ティアラ文庫

さらわれ婚

強引王子と意地っぱり王女の幸せな結婚

伽月るーこ

presented by Ruko Kaduki

プランタン出版

目次

序章　運命の花嫁　7
第一章　再会　12
第二章　儀式　63
第三章　自由　91
第四章　来訪　131
第五章　衝突　201
第六章　相愛　245
終章　幸福の花嫁　288
あとがき　300

※本作品の内容はすべてフィクションです。

序章　運命の花嫁

もう、あとには退《ひ》けない。

肌を滑るなめらかな絹の感触や衣擦れの音に、自然と覚悟が固まる。自分の支度が整っていくのを肌で感じながら、シンシア・フロストはきゅっと唇を引き結んだ。

「はい、もう目を開けて結構ですよ」

瞼《まぶた》をゆっくり押し上げると、鏡に映った自分の姿が見える。

先ほど丁寧に梳いてもらったはずのハニーブロンドは白いヴェールによって覆われ、夜の帳が下りていく深い瑠璃《るり》色の空を模したような瞳は、その白い肌と衣装に映えた。ぷっくりとした淡い薔薇《ばら》色の唇は、朝露を含んだ花弁のように潤っている。

白い簡素な服に身を包んだその姿は、花嫁衣装ではなく修道女のようにも見えた。会ったことのない神に身を捧げるという点では似ているのかもしれない。

「殿下、私たちはこれで」

そう言って、仕事を終えた侍女たちは次々と部屋から出て行く。最後のひとりがドアを閉めると、この部屋には気心の知れた侍女・ロッティとシンシアのふたりだけとなった。

普段、彼女以外の人間と会うことがないせいか、珍しく緊張していたのだろう。シンシアは、ふぅ、と小さく息をついた。

「シンシアさま」

すぅっと耳に入ってくる穏やかな声に、落ちていた視線を上げる。鏡越しに見えたのはロッティの姿だ。彼女は栗色の髪を揺らし、やわらかな榛色《はしばみ》の瞳を向け、控えるように立っていた。その表情が少し淋《さび》しげに告げる。

「準備がすべて整いました」

「ありがとう」

――あとは〝そのとき〟を待つだけ。

大丈夫。そう、自分に言い聞かせるようにして心の中で唱える。鏡越しのロッティが、唇をほんの少し震わせたのが見え、シンシアは笑った。大好きな侍女を安心させるために。

その直後、ノックもなしに勢いよくドアが開かれる。

「……ッ」

コツ。靴を鳴らして部屋に足を踏み入れた人物を見て、思わず息を呑んだ。

鮮やかな青銀の髪が揺れ、その隙間からライラックを思わせる深い紫の瞳が覗く。きりりとした目元に精悍な顔つきは、まるで孤高の狼のような気高ささえ感じた。彼が歩くと、肩から流したマントがひらめき、白地に金の縁取りがされている正装衣装が覗き見える。凛とした雰囲気を纏った彼に見惚れるよりも先に、その視線に射抜かれた。しっかりと鏡の中のシンシアに向けられた視線から、目を逸らすことができない。その場に縫い止められたような錯覚に陥った。

この強い意志がこめられた眼差しを、以前にも見たことがある。一種の既視感を覚えたシンシアの脳裏に、幼いころの記憶が蘇った。

『おまえが俺のことを好きだと言ったら、結婚してやってもいい』

射抜くような視線で告げられた尊大な一言は、幼いシンシアを怯えさせるには充分だった。なぜ、こんなことを言われなければならないのか。威圧的な彼の空気に気圧された幼いシンシアは、思わず母の後ろに隠れてしまったことを覚えている。

「……」

あのときは、母がいたからこの視線に耐えることができた。が、今は違う。優しく包み込んでくれていた母は、もうこの世にはいない。そしてシンシアも、誰かの後ろに隠れて逃げる年齢はとうに過ぎていた。シンシアは静かにその場から立ち上がり、彼へ向き直る。やはり鏡越しよりも、直に受ける彼の視線は思いのほか怖かった。しかし、それでも負けじと気持ちを強く持って、彼と対峙した。

「これが最後だ」

美しい唇が、ゆっくりと言葉を成す。

「俺のものになると言え、シア」

昔から衰えない意志の強い瞳に、抗えない強さを感じて足がすくみそうになった。が、シンシアにだって譲れないものはある。自分の中にある覚悟を勇気に変えて、シンシアはその冷たい紫の瞳を見据えた。そして――。

「嫌です」

母の背に隠れていたあのときと、同じ返事を口にした。

「私は、あなたのものになどなりません」

毅然《きぜん》とした声が室内にこだまする。その直後、ドアをノックする音が部屋に響き、今までふたりの様子を静観していたロッティが静かに口を開いた。

「……時間です」

ロッティの声に小さく息を吐き出したシンシアは、見据えていた彼から部屋の外へと視線を移す。開かれたドアの先で待っている数人の近衛兵たちは、沈痛な面持ちでシンシアを待っていた。彼らにも、付き従ってくれるロッティにも心配をかけないようにと、シンシアは微笑んで見せる。それから、一歩、また一歩と歩を進め、その場で佇《たたず》む彼の横を通り過ぎた。——が、すれ違いざま、手首に熱が走った。

「!?」

縋るような手の強さに驚いて振り返ると、彼の紫の瞳と目が合う。息を呑むシンシアに、彼は何も言わない。ただ、その静かな眼差しとは逆に、手首を摑む力は強くなった。緊張で冷えたシンシアの肌が、彼の熱を吸ってじんわりとあたたかみを帯びていく。そのぬくもりの意味を求めるように彼をじっと見つめるのだが、返事はない。

シンシアは、手首を摑む彼の手に己の手を重ねて、やんわりとその手を解いた。

「私は、何があろうと私の役目を果たすわ」

覚悟を言葉にして吐き出すと、シンシアは彼に微笑み、踵を返す。

そして、己の運命に向かって歩き出した——。

第一章　再　会

　はじまりは、三日前のことだった。

「――こんなの横暴です！」

　自室に戻る回廊で、ロッティの怒りとも落胆ともとれる声に、シンシアは驚いて足を止めた。普段は春の陽射しのように微笑む穏やかなロッティらしくない、語気の荒さだった。

「私、シンシアさまは他国に嫁がれるものだとばかり思っていました。今の生活はそれまでの辛抱だと……。それなのに、陛下はひどいです。シンシアさまのすべてを奪おうとなさるなんて……!!」

　嘆き悲しむロッティの悲痛な声に、胸が痛む。自分のことで、大事な侍女を悲しませたくはなかった。どんなにシンシアが「大丈夫」だと言っても、彼女はとても優しいから、自分事のように胸を痛めてしまうのだろう。少し先を歩いていたシンシアは、ひと呼吸置いてからゆっくりとロッティに振り返った。

彼女は俯《うつむ》き気味に唇を引き結び、子どものようにその場から動かない。ロッティに近づいたシンシアが下から顔を覗きこむと、彼女はこぼれ落ちそうなほどの涙を目にためていた。ロッティがシンシアの侍女を務めるようになって十年は経つが、彼女のこんな表情を見るのはこれで二度目だ。一度目は、シンシアが王宮から離れの塔に居住を移すことが決まったとき。あのときは、ここまで声を荒らげることはなかったが、悔しさに涙をにじませていたのを覚えている。

「ねぇ、ロッティ？」

「………………なんですか」

泣くのを必死でこらえている声だった。

シンシアは、ロッティの頬にゆっくりと手を這わせ、――微笑む。

「私は、幸せよ？」

ぶわり。榛色の瞳から一気に溢れた涙がぼたぼたと地に落ち、瞬く間に彼女の頬を濡らしていく。シンシアは少し背伸びをしてロッティの額に自分のそれを重ねた。

「私のために、こんなに泣いてくれるロッティがいてくれるのだから、私は幸せだわ」

「シ、シンシア、……さま……っ」

「だから、もう私のために泣かないで。ロッティの涙は、ロッティのために流してほしいの。私はその気持ちと、この涙で充分だから」

ね。額を離したシンシアが最後に言い聞かせる。ロッティを見上げると、涙ながらにこくりと頷いてくれた。ふいに、何があってもずっと一緒だった彼女との日々が思い浮かぶ。母を亡くしてもがんばってこられたのは、すべて彼女のおかげだった。ロッティへの思いに溢れたシンシアは、たまらず彼女に腕を伸ばした。

「シンシア……さま？」

そっと抱きしめた彼女の身体はやわらかく、シンシアをすんなり受け止めてくれる。いつだって、優しくあたたかくシンシアを受け止めてくれたそのぬくもりと、ロッティへの感謝をこめて「ありがとう」とつぶやいた。すぐにずずっと洟《はな》をすする音が聞こえ、シンシアは抱きしめていた腕を放す。

「さぁ、顔を洗ってらっしゃい。お鼻が真っ赤で恥ずかしいわよ、ロッティ」

真っ赤になっている彼女の鼻の頭を指先でとんとんと叩いて、にっこり微笑む。これは、大好きな母が亡くなって毎日泣き明かしていたシンシアに、ロッティがしたことだった。自分がしていたことを反対にされたロッティは目を瞠《みは》ったが、すぐに涙を拭ってぎこちない微笑みを返してくれた。それを見て、シンシアも笑顔で頷く。

「じゃあ、私はここで待ってるわね」

「でも、ひとりでいるのは……」

「大丈夫よ。今の私に危険を及ぼそうとするのは、国に仇《あだ》を成す人間ぐらいだわ。ここには国の現状を憂う者が多いはずよ。だから、そう簡単に危険な状況にはならないと思うわ」

それだけ、自分に課せられた役目は大きいものだということを、自分の言葉で改めて理解する。それを聞いて、表情に翳《かげ》りを見せたロッティにシンシアは心配ないと伝えるように笑った。

「それに、いざとなったら大声を出して助けを求めるから安心して」

シンシアをひとりにさせたくないのだろう。それでも、彼女は戸惑いを表情に浮かべたまま、その場から動こうとはしなかった。しかし、このままでは涙で顔を濡らしたロッティを連れて部屋に戻ることになる。その道すがら、泣き顔を誰に見られるかわからないし、変な誤解をされてしまうかもしれない。ロッティを思えばこそ、顔を洗ってきてほしかった。

「大丈夫。私は、どこにもいかないわ」

泣き濡れたロッティの頬に手を添えて、目元に残った涙を親指で拭う。そこでやっと、ロッティが小さく息を吐き出した。諦めた様子のロッティにどこかほっとしたシンシアは、彼女の手を握りしめる。

「もし、誰かにひとりでいることを咎められたら、私の名前を出しなさい」

それが、彼女のためでもあった。シンシアは誰に何を言われてもいいが、彼女が自分のことで叱られるのだけは、嫌だった。そもそも自分から言い出したことなのだから、ロッティが怒られるいわれはない。しかし、彼女は口元に微笑みを浮かべた。

「そうならないよう、すぐに戻ってまいります」

そう言って、ロッティは挨拶をして回廊を戻っていった。その背中を見送りながら、シンシアは苦笑を浮かべる。そして、ふと回廊から中庭へと視線を移した。均等に並んでいる柱の合間から見えるのは、太陽ではなく灰色の空を映している鏡のような水盤《すいばん》と、――濃くなり始めた霧だ。この霧こそが、この国を霧の国だと言わしめる所以《ゆえん》であり、災厄でもある。

常に霧に包まれているフロスト王国では、ほとんどの作物が満足に育たない。国内での自給自足が難しいため、食料や資源など大半は輸入に頼っていた。また、国益は仲介貿易によって守られ、国民はある程度の生活水準が見込めている。

――しかしここ最近、貿易の要である物資を積んだ荷馬車が、御者ごといなくなる事態が起きていた。それだけでなく、国内で必要とする物資も同様の状態に陥っている。今は、城の備蓄倉庫から足りない分を補ってどうにか凌《しの》いでいるが、それもやがては尽きるだろう。そうなる前に、どうにか物資を確保したかった。深刻な問題に、王とその重臣たちは荷馬車が消えた原因を探るとともに、当面の物資だけでも確保するべく奔走した。が、

『フロスト王国に荷物を運ぶと魂を持っていかれる』というよくない噂が御者の間で出回り、荷物があってもそれを届けてくれる御者がいなくなってしまった。噂は、当然〝噂〟にすぎない。すぐに調査を命じられた兵からの報告によると、近年濃くなっている霧のせいで視界が悪くなっており、自然と山道から外れた馬が足を踏み外して谷底に転落しているらしい。それを裏付けるように、谷底からそれらしい遺体がいくつか出てきたのが決め手となった。報告を受けた国王は、悩みに悩んだ。濃霧は人間の力でどうにかできる問題ではない。だからといって、国王として何も策を講じないわけにはいかなかった。

そんなときだ。頭を悩ませた国王とその重臣たちに、とある人物が進言した。

『生贄を差し出せばいいのよ。……それも、今まで以上に素晴らしい生贄を』

フロスト王国では、年に一度のこの時期に、霧が少しでも晴れるようにと、祈りをこめて天の神に生贄を捧げるという慣例がある。例年どおりであれば純潔の雌山羊を数頭捧げるのが決まりだったのだが、今年はそれ以上の供物を捧げることが、提案された。

——犠牲という名の〝生贄〟を、人間で補ってはどうか、と。

当然、その提案には重臣一同が反対した。誰を生贄として捧げるのかということが最大の問題であり、人の命を人が決めるべきではない、という意見が大多数だったからだ。しかし、進言した人物は薄ら笑いを浮かべてそれらを黙らせた。

『それ相応の人間なら、一人いるじゃありませんか。奇しくも、かつて濃霧から国を救ったのも王女だったと文献には書かれております。これ以上の適任はいないかと』

そうして名前を挙げられたのが、――シンシアだった。

『し、しかし……!!』

『あら、宰相殿は私に口答えをなさる気かしら？　この私が、世継ぎを産んだことをお忘れになって？』

それを言われてしまうと、重臣たちだけでなく国王ですら強く言えない。

生贄を雌山羊ではなく人に、その生贄をシンシアにと進言した〝彼女〟こそが、シンシアの継母である王妃だった。ほとんど実権を握っているのは、ほぼ彼女と言っても過言ではない。彼女が王女を産み、世継ぎの王子を産んでから、その発言力も増していった。そんな彼女にとって、臣下の信頼厚い前王妃の娘の存在はおもしろくなかったのだろう。事あるごとにシンシアを貶めるような言動をしては、自分の娘を褒めそやす。そんなあからさまな悪意ある態度に、シンシアが気づかないわけがなかった。自分が継母から疎まれていることを知ったシンシアは、国政に追われている父によけいな心配をかけさせないためにも、継母と妹との衝突を極力避けてきた。妹がシンシアの部屋が欲しいと言えば、今まで使っていた部屋を明け渡し、神事にしか使われない東の塔へ居住場所を移したのもそのためだった。

塔での暮らしは快適だ。自分の代わりに、妹が王族必須の夜会に喜び勇んで出席してくれるし、なによりも継母にあんな顔をさせずにすむ。王妃が意地悪に歪んだ顔を周囲に晒すのは、国のためにも父のためにもならない。自分がいないだけで継母の機嫌がいいのならば、それでいいと思っていた。

——それなのに、彼女はシンシアを王城から追いやるだけでは飽きたらなかったようだ。

シンシアを会議の場に呼びつけた王妃は、彼女の生贄としての運命を自らの口で語り、高圧的な態度で言い放った。

『日がな一日、何をすることもせず塔に引きこもっているあなたにしかできないことよ？かつての王女のように国を救えるのだから、光栄に思いなさい』

王妃の声を聞きながら、シンシアは心が冷えていくのを感じた。怒りも、悲しみも、嘆きすらもない。ただ黙って玉座の前で跪いていた。

『シンシア』

父から、静かに名前を呼ばれて顔を上げる。玉座に座る王の表情から心痛が窺えた。

『生贄として命まではとらないが、……幽閉は免れないだろう。嫌なら嫌だと』

『陛下。この国と娘の命、天秤にかけることができないのはおわかりですよね？』

最後に、シンシアに逃げ道を与えようとした王の言葉を遮った王妃の声は、ひどく冷たかった。不本意な決定に、どうすることもできない様子が王の表情から伝わってくる。ここでシンシアが「はい」と言わなければ、きっと王は王妃から責められることだろう。だったら、シンシアができることはひとつしかない。深呼吸をしたシンシアは、自分からすべてを取り上げた元凶へは目もくれず、父のため、ひいては国のためにと首肯し、――微笑んだ。

『喜んで』

こうして、一生、東の塔に幽閉されることを自分から望んだ。

――以上が、ついさっき決められたシンシアの運命だった。その運命に嘆くつもりはさらさらない。王女として生まれたからには、国や、国王のためにこの身を捧げると決めていたから、後悔もない。不思議と心は穏やかだった。

「……これでいいのよね、かあさま」

ふと、中庭の水盤が僅かな風によって揺れる。水面を揺らしていくさざ波を目で追いかけると、母の声が蘇った。かつての幸せな記憶とともに。

『いい、シア。つらいときこそ、笑いなさい』

夏の陽射しを思わせる快活な笑い声をたてながら、美しいブロンドをなびかせる母が言う。年齢よりも幼く見える美しい母が、大きな口を開けて笑う姿はそぐわない。皆、最初は外見との差に驚くのだが、母は恐ろしく人に馴染むのが早かった。そのため、裏表のない性格で、人の心にすんなり入り込む母を、シンシアに限らず城の誰もが慕っていた。

『――恥ずかしがってたら、いつまで経っても大きな声なんて出ないわよ？　あなた、いつもそんな小さな声で人と話ができると思うの？』

『で、でもかあさま。私、大きな声で笑うなんて……』

当時のシンシアは極度の恥ずかしがり屋だった。人前に出るなんてもってのほか。口を開けて話すという行為すら恥ずかしくて、もごもごと口を動かしては、相手に何も伝わらないことのほうが多かった。母は、そんなシンシアの未来を案じていたのだろう、よく中庭でしゃべる練習をさせていた。

『今日はしゃべる練習じゃなくて、笑う練習なんだから、恥ずかしがる必要はないのよ。これは、シアにとって必要な練習なんだから』

『私に必要な……？』

『そうよ。苦手な相手に向かって毅然とした態度をとるには、まず笑顔が大事。笑うことで、相手に負けないって意思表示をするの！』

『……でもかあさま？　笑うのと、笑い声をあげるのとでは、違う気が――』

『でもだっても今はあと！　とにかく、笑ってみなさい！』

話を聞かない母に両肩を摑まれ、シンシアはくるりと後ろを向かせられる。いきなりのことで驚くシンシアの前から〝彼〟がこちらに向かって歩いてきていた。

『い、いや……ッ』

その冷たい瞳と目があった瞬間、シンシアはしゃがみこむ母の背に隠れるようにして、

"彼"と対峙した。"彼"とは何度か会っているはずなのに、なぜか慣れなかった。嫌いというわけではない。ただ、ほんの少し苦手だと感じていただけ。

　ぎゅっと母のドレスを握りしめる小さな手が、かすかに震える。母は肩口を摑む娘の小さな手を見て、ため息をついた。

『ごめんなさいね。これでも悪気はないの』

『……いえ』

　そして〝彼〟は、シンシアに威圧的な眼差しを向けてきた。思わず、肩を揺らして怯えた表情を浮かべても、相手は視線を外さずじっと見つめてくる。怖い。恐怖が先に立つのだが、不思議と〝彼〟の深い紫の瞳から目を離すことができなかった。

『……』

　〝彼〟がひとりでいることに、どこか違和感を覚えたシンシアは、ふと〝彼〟と一緒にいたもうひとりの少年のことを思い出した。常に無愛想な〝彼〟の隣で、柔和な笑みを浮かべる少年は〝彼〟の兄だった。いつも優しい空気を纏う少年の姿が見えなくて、シンシアが探すように周囲を見回すと、すぐに〝彼〟が口を開く。

『兄上は来ていない。今日は俺だけだ』

『……』

『そう、不満そうな顔をしないでくれないか』

『……』

『一緒に遊ぼう』

そう言って差し出された手を凝視したまま、シンシアは一歩も動こうとはしなかった。

遊んでもらいたいわけではないし、彼と遊びたいわけでもない。母と過ごしていた時間を邪魔されて、どこか機嫌が悪かったのだろう。静観していた母から、その態度を窘《たしな》められるまで、シンシアは頑としてそこから動かなかった。

「……それでも、私が出てくるまで待っててくれたのよね」

当然、その後、自分の態度について母から「王女としての態度ではない！」とこっぴどく叱られたのだけれど。

それも、今となってはいい思い出だ。

懐かしい記憶に浸りながら、シンシアは母の記憶と共にいる〝彼〟を思い出していた。

当時なぜ〝彼〟が苦手だったのか、覚えていない。それでも、子ども心に苦手意識だけはずっと、シンシアの中にあった。

――〝彼〟は今頃何をしているのだろうか。

そのとき、シンシアの耳に靴音が聞こえてきた。ゆっくりと、そして堂々と歩いてくる靴音に、シンシアは自然と中庭から回廊へと向き直る。

「……っ」

回廊の先から、鮮やかな青みがかった銀髪を持つ、美しい男が歩いてきていた。歩くたびに美しい銀糸の髪はふわりと舞い、紫の瞳は深みのあるライラックの花を思わせる。紺色のフロックコートには金の刺繍が施され、胸元のクラバットには紋章入りのスティックピンが差し込まれていた。精悍さの中にも妖艶な色香を纏った彼は、さながら夜空に浮かぶ青白い月を思わせる。

——目が、離せない。

徐々に近づいてくる彼を見ながら、時間が止まってしまったように、シンシアはその場から動けなかった。ふいに、目の前に迫ってくる彼と目が合う。すぐに視線を逸らして俯いたのだが、横を通り過ぎるはずの彼は、シンシアの予想を裏切って目の前で膝を折った。跪くようにして片膝をついた彼が、じっと見上げてくる。

「あ、あの」

戸惑いを露わにするシンシアの指先を優しく手にした彼は、それを引き寄せ、手の甲に恭《うやうや》しくくちづけた。やわらかな唇の感触に、思わず肩が小さく震える。ただの挨拶だとわかっていても、ドキドキは止まらなかった。

「綺麗になった」

「え……？」

「見違えたよ、シア」

その珍しい紫の瞳が、先ほど思い出していた幼なじみと重なった。

「……レナード？」

小さく名前をつぶやくと、彼はとても嬉しそうに微笑んだ。彼の笑顔を見たことがなかったシンシアは驚きに息を呑む。シンシアの知っているレナードとは、纏っている雰囲気も表情も違っていた。本当に彼はあのレナードなのかと疑ったが、彼の胸元にあるスティックピンには、銀狼《ぎんろう》の盾と呼ばれる紋章が刻印されている。盾の中に銀狼がいる紋章は、ランドルフ王国のもので間違いない。

彼は、ランドルフ王国第二王子、レナード・ランドルフその人だった。

「見違えたのは私のほうよ」

思わず本音が出たシンシアに対し、レナードは苦笑を浮かべて立ち上がる。

「それは、いい意味で？　それとも、悪い意味で？」

幼いころの記憶しかないシンシアにとって、彼の成長には戸惑いしかなかった。紫の瞳に今度は見下ろされてしまい、質問の答えとは別の感想が口に出る。

「……あなた、とても大きくなったのね」

「シアは、俺の話を聞かなくなったね」

はぁ、と大仰にため息をついてみせたレナードに、シンシアは慌てて謝った。

「ご、ごめんなさい！　わざと話を聞かなかったわけじゃないのよ。そうじゃ、なくて」

「ん?」

あまりにも素敵になっていたから、とは言えず、頬を赤らめてその場で固まってしまう。しかし彼は先を急がせることなく、シンシアの返答を待ってくれていた。あのときのように我慢強くシンシアを待ってくれる態度は変わっていない。それを知ってどこかほっとしながらも、無愛想だったかつての彼を思うと、この変わり様に驚きよりも戸惑いが勝った。

「シア?」

そっと頬に添えられた手のあたたかさで、我に返る。また彼に見惚れていたらしい。何を言おうとしていたのか、必死で思い出そうとするのだが——。

「シンシアさまー!」

「レナードさま、こちらにいらっしゃったんですか!」

ロッティの声と、レナードを呼ぶ男の声で思考が遮られた。

「残念。時間切れか」

シンシアの頬を親指で軽くくすぐったレナードは、苦笑を浮かべて少し距離をとった。そして、何か思い出したようにシンシアの耳元に唇を寄せた。

「あとで、会いに行く」

「あとで?」

「ああ。これから、国王陛下にお会いする約束があってね。シアに話したいこともあるから、他に予定を入れないでほしいんだ」

「大丈夫よ。予定なんて滅多に入らないから」

「じゃあ、約束」

耳元で囁かれた声が、甘い。かと思うと、レナードはシンシアの耳に軽くくちづけてきた。ぞくぞくとしたものが背中を駆け抜け、くちづけられたところが熱くなる。驚きに目を瞠るシンシアから、彼はゆっくりと離れていった。

「またあとで」

そして、爽やかな微笑みを残したレナードはシンシアの横を通り過ぎていく。それを追いかけるようにして、回廊の先からレナードを呼んでいた従者であろう男性が立派な金髪を揺らして小走りに近づいてきた。急いでいる様子だったが、彼は一度シンシアの前で立ち止まると、挨拶をしてから、再びレナードのあとを追いかけていった。

「シンシアさま、お待たせいたしました。……あの、先ほどの見目麗しい男性方とお知り合いなのですか……？　って、あれ、シンシアさま……!?」

久々に会った幼なじみの変わり様に動揺して、シンシアはロッティが戻ってきたあとも、しばらくその場から動けなかった。

★──★──★

ようやく我に返ったシンシアが自室に戻ると、現実が待ち構えていた。

「お待ちしておりました」

ドアを開けたシンシアを出迎えてくれたのは、王妃が好んで頼んでいる仕立屋だ。気持ち悪いぐらいの笑みを浮かべて立っている姿に嫌な予感がする。

「……王妃……、お義母さまに頼まれたのね」

「さすがシンシアさま、おっしゃるとおりでございます。実は王妃さまから仰せつかった花嫁衣装が、このたび完成いたしました！　ぜひ、シンシアさまに試着していただきたく参った次第です。ささ、どうぞこちらへ」

部屋の中央にくるよう促され、黙って従う。控えているロッティが、表情に出さないよう、必死に感情を抑えているのが見なくてもわかる。――というのも、シンシアが生贄になることも、儀式の日取りも、ついさっき決まったばかりだ。それなのに衣装の出来上がりがあまりにも早すぎる。確実に、生贄がシンシアだと決まる前に、仕立屋に依頼をしたとしか思えなかった。王妃の根回しの早さに感服するとともに、呆れた。

「シンシアさまは、やはり白が映えますね」

花嫁衣装と言うにはあまりにも簡素な純白のドレス。それに身を包んだシンシアを、仕立屋は褒めそやしながら裾や長さなどを確認していった。調整も最終段階に入り、もう少しでこのドレスを脱ぐことができるとほっとした矢先、ノックもなしにドアが開かれる。

「レナード……!?」

いきなり部屋に入ってきたレナードは、周囲の制止を振り切って近づいてきた。シンシアの目の前に立ち、真っ白なドレスに身を包んだ彼女を見て不機嫌に眉根を寄せる。

「………あの話は、本当だったのか」

唇を噛み締めんばかりにつぶやく。レナードは眉間に皺を寄せたままその場から動く素振りを見せない。いきなりの来訪とその雰囲気に圧倒されているのか、仕立屋たちが困っているのがわかった。シンシアはレナードとゆっくり話をするためにも仕立屋を優先した。

「えっと、もう少しで終わるから、とりあえず部屋から出て待っててくれる……?」

シンシアの住む東の塔は、城内で与えられていた私室とは違い、部屋がひとつしかない。つまり、彼が部屋から出て行かない限り、ここで服を脱ぐことができない。異性の前で肌を晒すことに抵抗のあるシンシアが退出をお願いすると、レナードは首をかしげた。

「どうして?」

「き、着替えるからに決まってるでしょ!」

レナードを部屋から追い出すことに成功したあとは、脱ぐまでそう時間はかからなかった。最終調整を終えた仕立屋たちは、シンシアにドレスを届けに明日またくると言い、部屋から出て行く。その仕立屋たちと入れ違いに、部屋の外で待っていたレナードが入ってきた。

「悪いが、シアと二人きりで話がしたい」

レナードは入ってくるなり、控えていた自分の側近だけでなく、ロッティにもそれを伝えた。シンシアは、心配を露わにするロッティに向き直り、大丈夫だと微笑む。

「ロッティ。彼と一緒にゆっくりティータイムでもしてて」

シンシアの部屋の真向かいに、従者の待機部屋がある。そこで待機するように伝えると、彼女は「わかりました」と言ってレナードの側近と連れ立って部屋から出て行った。それを見送ったシンシアは、硬い表情のレナードに向き直る。

「待たせてごめんなさい。急にドレスの試着をしなければならなくなって……」

シンシアは申し訳ないと苦笑を浮かべて、いそいそと部屋の端に向かった。レナードに座ってもらおうと、黒いティーテーブルの椅子に手をかける。座り心地のいいボルドーの猫足椅子は、シンシアのお気に入りだった。

「嘘をつくつもりはなかったのだけれど、急なことで……。もしかして、怒ってる？」

さっきの不機嫌なレナードを思い出したシンシアは申し訳なさそうに振り返る。が、彼はシンシアへの問いに答えることなく、距離を詰めてきた。狭い部屋で身長の大きい彼がシンシアの前に辿り着くのはすぐだ。目の前に立たれて、その雰囲気に圧倒される。

似たようなことが昔にも一度あった。

「……あ、……この部屋なら、声が外にもれにくいようになっているから、怒るなら思いきり怒ってくれても大丈夫だからね……？」

ふいに思い浮かんだのは、彼と初めて会ったときのこと。

訪問してくれた他国の王子に、この国の王女として挨拶をすることが決まり、初めての政務に身体が震えるほど緊張していた。しかも、周囲にいる大人たちからの視線が小さなシンシアに注がれ、その緊張は最高潮にまで達する。そのため、シンシアの声はお世辞にも出ているとは言えないほどに小さかった。声も出ない、自分に与えられた役目も満足にこなせないことが情けなくて、萎縮《いしゅく》したシンシアは目に涙を浮かべて俯いた。そんなシンシアの前まで歩み寄ってくれたのは、レナードの兄・ルイスだった。彼は静かに膝を折り、顔を覗きこんでくる。そして、柔和な笑みで「よろしく」と言ってくれたのだ。

しかし、レナードは――

『挨拶もろくにできないなんて、王族失格だな』

と、一歩前に進み出てシンシアを大きな声で叱った。その後、彼は両国の関係を慮ったランドルフ国王に窘められたのだが、シンシアは男性から力強く叱られたことがなかったため、これをきっかけにレナードに苦手意識を持ってしまった。当然、悪いのはシンシアのほうでレナードに非はない。それはわかっていたのだが、一度植え付けられてしまった苦手意識は、なかなか消えないでいた。

そんな昔のことを思い出して、シンシアは誰にも叱られないから大きな声を出してもいいと言ったのだが、彼はそうしなかった。ただ黙ってシンシアを見下ろし、唐突に彼女の腰を抱き寄せる。

「っ⁉」

ぎゅっとその腕に抱きしめられて息を呑む。いきなりのことで戸惑うシンシアの耳元に、彼の真剣な声が落ちた。

「国王陛下から、事情は聞いた」

どくん。心臓が大きく高鳴ったとともに、さっきまでの彼の態度に納得する。

「……そう、どこまで？」

「全部」

「じゃあ、私から説明することはないわね」

シンシアの落ち着いた声を聞いて、レナードはそっと彼女を腕の中から解放した。自由を取り戻したシンシアがお茶の支度に戻ろうとした直後、今度は両肩を掴まれて顔を覗きこまれる。その表情は真剣そのものだった。

「シアが犠牲になる必要はない」

はっきりと告げられた言葉に、心が震えた。

彼に会わなくなってから十数年。母が亡くなってからは、あれだけあった交流もなくなり、疎遠にすらなっていた。だから、彼がこんなことを言ってくれるなんて思ってもみなかった。驚きと嬉しさで言葉に詰まるシンシアだったが、それと自分に課せられた運命は別だ。湧き上がる感情をぐっと堪え、王女としての自分を取り戻したシンシアはレナードを見上げる。

「でもねレナード、もうこの国は漠然とした不安で覆われているの。王女である私が身を捧げることによって、国民の不安は払拭《ふっしょく》され、王家の信頼は確固たるものになるわ。それが、王女として生まれた私にできることなの」

「だからって、どうしてシアなんだ」

「妹のシャーリィはまだ十二歳よ。この間やっと夜会のお披露目をしたばかりなの。これから楽しいこともたくさんあるし、父と義母《はは》を私の代わりに支えていく使命があるわ。だから、シャーリィではなく私が」

「王女でなければいけない決まりはない。シアが生贄に選ばれたのだって、この国の王女が生贄になってきたという過去が記された文献のせいだろう」

「ええ、そうよ。あなたの言うように、因習によって私は生贄に選ばれた。でも、そうしなければ、この国は救えないわ」

「何かの犠牲で成り立つような国なら、国の命は永くない。やがて終わりがくる」

「でもそれは〝今〟じゃない。少なくとも私が自分の役目をしっかり果たせば、この国の命は永らえるかもしれないわ」

「そんな可能性に縋るなんてばかげてる」

まっすぐな彼の瞳は、この国の決定を馬鹿にしていた。シンシアもまた、そう思う。本当にシンシアが幽閉されることによってこの国が救われるのか、正直誰にもわからない。けれど、確実にわかることがある。それは安心だ。なんらかの対策をしたという行動が、国民に安心を与えてくれる。

「そうね。……ばかげてるわ。でも、もうこの方法に縋るしかないの。私にできることは国のために生きること、それだけよ」

国の決定事項は王女であっても覆すことはできない。もう決まってしまったことだ。それでも、こうして幼なじみとして心を砕いてくれる彼の気持ちが嬉しかった。

「それに、犠牲と言っても命を奪われるわけじゃないわ。一生、この部屋にいるだけ。私からレナードに会いに行くことはできないけれど、あなたが会いにきてくれれば、いつだって会えるわ」

せめて、少しでも安心してもらえるようにシンシアは微笑んで見せた。すると、レナードはシンシアの手首を摑み、背中を向けて歩き出す。

「え、あの……!」

「俺は、そういう話をしにここへきたわけじゃない」

背を向けた彼の声は小さく、表情も見えない。戸惑うシンシアが彼の名を呼ぼうとした瞬間、身体を強く引き寄せられ、気づけばベッドの上に放られていた。

「レナード……?」

倒れこんだ身体を起こして振り返ると、彼は紺のフロックコートを脱いで、それをベッドの上に置いていた。その流麗な仕草に目を奪われているシンシアの前で、彼は胸元のスティックピンを外す。

「……俺に、助けを求めるという選択肢はないのか?」

しっとりとシンシアを見ながら、レナードは静かにクラバットをほどいて見せる。嫌な予感に突き動かされるように、シンシアは無意識に身体を退いていた。

それが相手を不愉快にさせてしまったのか、彼は不機嫌を露わに眉根を寄せる。

「……そうか、それがシアの答えなんだな」

まだ答えてもいないと言うのに、なぜそんなに寂しそうな顔をするのか理解できなかった。レナードにかける言葉が見つからない。思考が停止したシンシアの前で、彼は次に紗《しゃ》幕《まく》を括りつけている二本の柱の飾り紐をほどいた。自由を手にした紗幕はふわりと舞い、ベッドの後ろ半分を覆う。薄暗くなったベッドの上で固まるシンシアに向かって、レナードは水晶の飾り紐を投げてよこした。それは美しい弧を描いて、シンシアの横に落ちる。

そして――、ぎしり。ベッドの軋《きし》む音に、飾り紐からレナードへと意識が戻った。彼はベッドにあがっていた。彼の冷えた紫の瞳に見据えられ、声が出ない。そしてウエストコートを脱ぎ捨てた彼は胸元をくつろがせてから、ゆっくりと獲物を追い詰める狼のように詰め寄ってきた。得も言われぬ恐怖に、身体はさらに後退する。が、シンシアのドレスの裾にレナードが膝をのせたため、それ以上後ろに退くことができなかった。

「これで、逃げられない」

逃がすものか、と言われたような気分だった。彼はシンシアの腰の横に手を置き、身を乗り出すように顔を寄せてくる。完全に追い詰められたシンシアは、戸惑いを口にした。

「レナード……、あ」

彼の冷えた指先が、シンシアの唇に当たる。途中だった言葉は中途半端に途切れ、それ以上言うことができない。まばたきを繰り返すシンシアの唇から、そっと指先が離れると、それは首の後ろに回った。

「黙れ」

吐息が触れる距離で呟かれた直後、やわらかな唇を押しつけられる。

「……んんっ!?」

目を瞠り、思わず逃げようとするシンシアだったが、レナードに首の後ろを押さえつけられているため、身動きがとれない。

「ん、んんー、んぅ……っ」

それでも必死にレナードの胸元を叩くのだが、びくともしなかった。それどころか、彼はさらに繋がろうとくちづけを深くした。唇をこじあけられ、差し込まれた舌が咥内に入ってくる。それはシンシアの舌先をくすぐり、いやらしく舌を絡めてきた。どうやって息をすればいいのかもわからない。レナードにされるがままになっていたシンシアが、ようやく新鮮な空気を吸い込んだのは、それからしばらくしてだ。

「……」

自然と閉じていた瞼を開けると、いつの間にか世界が反転していた。喘ぐように呼吸を整えるシンシアの目の前に、唇を離したレナードの顔が現れる。その紫の瞳に、自分の顔が映り込んだ。

「そんな顔をして男を誘うなんて……、ずいぶんといやらしく成長したものだな」

妖艶に微笑んだレナードの言葉に、かっと頬に熱がこもる。

「さ、誘ってなんか——っん、ぅ」

否定する唇を塞ぐように、再び唇を深く合わせてきた。食べられるようなくちづけから逃げようとするのだが、彼はお構いなしに舌を咥内に差し込み、シンシアの舌を絡め取る。

「んん……っ、んぅ」

舌をちゅくちゅくと吸われて、身体の奥から蕩けるような快感が走った。戸惑いの多い一度目とは違い、二度目のくちづけはどこか優しい。今まで経験したことのない気持ちいい感覚に、うっとりと意識が囚われていく。触れ合う舌先からの甘美な痺れに肩を震わせる。その唇はやわらかくて不思議と甘く感じた。頭を抱えられ、何度もねだるようにくちづけられると、唇から蕩けていくような感覚を覚える。

「……ん、……ああ、気持ちいい？」

かろうじて唇をつけたまま、彼は妖艶に笑った。

「まぁ、言わなくても反応見ればわかるけど」

何も答えられず、ぼんやりレナードを見上げるシンシアに、彼は再び唇を重ねた。ふわふわ浮かぶ雲の上にいるような気分だ。身体から余分な力が抜けると、ベッドに身体が沈み込むのがわかった。

「くちづけだけで、こんなに気持ちいい顔をされるとは思わなかったな」

優しく甘いくちづけに惚けているシンシアの頬に手を添えたレナードが、少し身体を浮かせてもう片方の手で己のシャツのボタンを外す。シンシアの頬に添えられた手は、ゆっくりと顎、首筋、喉、鎖骨の順に触れていった。いくつもの指先が肌の上をなぞり、触れられたところからほのかに熱が灯っていく。

「それとも、何をされてるのかわからないだけ？」

肌を優しくなぞっていた指先が、広く開いた胸元のやわらかな乳房に埋まり、手のひらで包み込むように覆う。ふに。彼の指のぬくもりをドレス越しに感じて目を瞠った。

「いや……っ!!」

思わずレナードの手を払いのけて、自分の胸を抱きしめる。その様子を楽しげに見下ろしていた彼は、ボタンを外し終わったシャツを脱いだ。細身のわりに、引き締まった上半身が露わになり、男性の身体の線を初めて目にする。

性別の違いを見せつけられたシンシアは、初めて彼が〝男〟だということを実感した。

「ああ、やっと自分の状況がわかってきたようだな」

不敵に微笑むレナードの瞳には、情欲の炎が揺らめいている。瞳に含まれた欲情の色を確認したシンシアは、ようやく自分の身に危険が迫っていることを知った。ロッティから話には聞いていたのだが、まさかこれが夜伽《よとぎ》に繋がる行為だなんて思ってもみなかった。

「……レナード、やめて……お願いだから」

震える声で懇願する。彼は怯えるシンシアの頬を手で覆い、親指でくすぐるように撫でた。

「お願い、ね……。じゃあ、俺のお願いをきいてくれる？」

静かな声が落ちる。シンシアが震えながら首を縦に振ると、彼はにっこり微笑んだ。

「抵抗するな」

冷えた声で命令を口にしたレナードの唇に、シンシアは再び塞がれてしまう。

「んんぅ……っ!!」

舌をねじ込まれ、ぬるりとした感触と一緒に舌を吸いあげられる。角度を変えて、何度も何度も口腔を蹂躙《じゅうりん》するようないやらしい舌の動きに、呼吸がままならない。先ほどとは違う苦しいほどの激しいくちづけに、満足に呼吸ができないせいか、徐々に思考に靄がかかってきた。なぜ、どうして、ばかりが頭の中を巡り、正常な判断ができなくなる。

ただわかるのは、――これが、いけない行為だということだけ。

「……っふぁ、レナー……んんぅ、……だ、め……、だめな、の……！」

必死に彼を止めようと顔を逸らして言葉を紡ごうとするのだが、その途中でまた塞がれる。このままではダメだ。そう思ったシンシアは、手足をじたばたさせてレナードの下から逃げようと試みた。

「んーっ!!　んんっ！」

しかし、ベッドに広がったドレスの裾は相変わらずレナードの膝の下で、彼はシンシアをまたぐようにして覆いかぶさっているため、身動きがとれない。唯一動く両手で、彼を押しのけようとしたのだが、びくともしなかった。無駄な抵抗を続けるシンシアが気に入らなかったのだろう、唇を離したレナードの眉間には皺が寄っていた。

「抵抗するなって言ったよな？」

確かに言われたが、抵抗しないとは言ってない。

そう言いたいのに、呼吸が乱れているせいで言葉にならなかった。歯がゆい思いをしているシンシアを見下ろしたレナードは、彼女の目元の涙を拭って小さくため息をついた。

「シアが抵抗を続けるのなら、俺にも考えがある」

言うなり、レナードはシンシアの両手首を両手で摑んだ。そしてシンシアの頭上にまとめあげると、片手で彼女の両手首を押さえつける。そうしてレナードは、シンシアの唇を再び塞いだ。

「んぅ!?」

一瞬の隙をついて入ってきた舌を必死で拒むのだが無理だった。また絡め取られて、吸いつかれる。咥内で交じり合う舌と舌から甘さが滲み、抵抗していた力がくちづけによってなくなっていく。それが相手にも伝わったのだろうか、おもむろに唇が離れた。

「……レナード?」

つらそうに眉根を寄せている彼を見上げ、シンシアは無意識のうちに腕を伸ばそうとした——が、手首に何かが巻きついて満足に動かせない。肌に食い込む感触で、何かに縛られていることに気づいた。もう、これで抵抗ができない。手も足も出せない状況を実感して、助けを求めるようにレナードを見上げた。

「抵抗するシアが悪い」

冷めた瞳で見下ろされたかと思うと、レナードはシンシアの首筋に吸いついた。

「……んっ」

唇で優しく肌に触れ、次に舌先でくすぐられる。腰骨《こしぼね》のあたりから這い上がってくるぞくぞくとした感覚に、身体を震わせた。そして次の瞬間、両方の乳房を下から持ち上げるように鷲摑みにされてしまう。

「やぁ……っ!!」

驚きに声をあげて、彼の手から逃れるように身じろぐ。しかし、両手を縛られているシンシアにできることは何もない。荒々しく揉まれた胸は、なされるがまま形を変えられる。

「レナード、やめ」

「やめない」

囁かれた低い声が耳朶を打つ。心臓が大きく高鳴り、ぞくりと肌がざわつくのを感じた。慣れない感覚に身震いすると、今度は舌先で耳の輪郭をなぞられる。舌先で耳孔の入り口をくすぐられた瞬間、肩が跳ねた。

「どこもかしこも感じやすいんだな」

喉の奥で笑ったレナードが、ゆっくりと上半身を起こす。そして、やわやわと揉みこんでいたふたつの乳房から手を離し、おもむろに胸元のドレスを摑んだ。このドレスは前をホックで留める珍しい作りのため、レナードの力ならば簡単にホックを壊すことができるだろう。彼が何をするのかを察したシンシアが声を出すよりも早く、レナードによってていとも簡単にドレスは左右に引き裂かれてしまった。

「いやぁ!!　だめだめだめ!!　見ちゃだめ!!」

破れたドレスの下を見られたくなくて懸命に身じろぐ。どうしようもできないとわかっていても、それでもシンシアは何度も「見ないで」と叫んだ。

「……シア」

ひとしきり叫んだところで、ゆっくりと愛称で呼ばれる。啞然《あぜん》とするレナードから顔を背けたシンシアは、返事をしなかった。それでもレナードはお構いなしに続ける。

「なぜ、下着をつけていない?」

「つけてます……!!　失礼なことを言わないで!!」

「これはつけているうちに入らないだろ」

「しょ、しょうがないでしょう!?　む、胸が大きくなってコルセットがきついんだから!!」

こうするしかなかった、と顔を真っ赤にして説明するシンシアは、乳房だけがまろび出ている状態だ。それもこれも、すべてはこの成長途中の胸のせい。腰はゆるいぐらいなのに、胸だけがコルセットに収まりきらないため、気分を悪くしたことが何度もあった。そこで、腰のみのコルセットを特別に作ってもらい、胸の成長が止まってからちゃんとしたものを作ってもらうことになっていた。もちろん、シンシアに新しいものを買い与えたくない王妃からは、しっかりと嫌味を言われたが。

「……へぇ」

黙ってシンシアの半裸を見つめるレナードの瞳が妖しく光る。両手首を縛られ、引き裂かれたドレスの下には腰だけのコルセットと露わになったふたつの乳房。そんなはしたない格好を、彼は恍惚とした表情で見下ろしていた。

「まさか、こんなにいやらしい身体をしているとは思わなかった」

妖艶に微笑んだレナードの声に、かっと身体が熱くなる。

「……い、や……、そんな目で見ないで……。お願い」

消え入るような弱々しい声で懇願した。恥ずかしくて死んでしまいそうだ。視線という羞恥《しゅうち》に耐えるシンシアの乳房に、そっとレナードの指先が触れる。

「んっ」

「色も白くてなめらかで……、そっと包むと手に吸いつく」

その言葉どおりに乳房を手で覆われた。直に感じる手のぬくもりがレナードのものだと思うと、さらに恥ずかしさが増す。

「や、やめ……っ」

けれど、レナードはやめることなく両方の乳房を下から持ち上げるように、丹念に揉みこんだ。指先で肌の上を撫でたかと思えば、今度は埋めて弾力を確かめてくる。その手の動きに、肌をぞくぞくしたものが這い上がってきた。

「……ん」

艶を帯びた甘い声に驚いて口をつぐむ。こんな声、聞いたことがない。戸惑いを露わにするシンシアに、彼は嬉しそうに口の端を上げた。

「ああ、その声が聞きたかった」

まるで、シンシアの〝そういう声〟を知っているかのような口ぶりだ。知らない自分をレナードに暴かれているような気がして、言い知れぬ恐怖を感じる。しかし、唐突に訪れた甘い痺れによってそれは掻き消えてしまった。

「……っ、あぁっ」

きゅむ。と、両方の胸の頂をつままれ、身体が跳ねた。今まで感じたことのない甘い痺れに戸惑う暇など与えず、レナードは胸の頂の周りをくるくると指先で優しく撫でる。むずむずとした感覚が腰骨のあたりから這い上がり、自然と腰が浮いてしまう。

「やぁ、なんか、むずむず、する……っ」

「じゃあ、もっとよくしてやる」

そういう意味で言ったわけではない。咄嗟《とっさ》に違うと反論しようとするシンシアの目の前で、レナードが胸元に顔を近づける。息を呑むシンシアにちらりと視線を向けたレナードは薄く笑い、形のいい唇から舌先を出して見せた。

「やめ、レナー……ぁあんっ！」

勃ちあがった乳首を、舌先でちろちろとくすぐられる。それはすぐにレナードの口の中に誘い込まれ、舌で絡め取られた。

「あ、……んんっ!!」

ぬるりとした感触に包まれると、甘い痺れが全身に走り、自然と背中が弓なりになる。くすぐったいような、それでいてもっとしてほしいような、はしたない気持ちが生まれた。それを増長させるかのように、レナードは淫猥な音をたてて乳首を舐めしゃぶった。硬くなった乳首をちゅくちゅくと吸われたときは、やたらと腰が浮く。何度も身体を跳ねさせて言葉にならない声をあげながら、まとわりつくような甘い感覚に溺れるように堕ちていった。

「やぁ……、レナード……ッ」

目に涙をにじませてレナードを見ると、彼は楽しげに顔を上げ、先ほどまでシンシアの乳首をねぶっていた唇を寄せてくる。そのねだるようなくちづけに、とろりと思考が蕩けていく。何も考えられなかった。舌先から溶けていくようなくちづけに、うっとりと身を任せている間、レナードは体勢を変え、シンシアの足の間に身体をねじ込ませていた。レナードとのくちづけに夢中になっていたせいで、自分がどうなっているのかまで気が回らなかった。ドレスをめくりあげられ、蜜口に何か熱い塊が押し当てられたのを感じて、ようやく我に返る。

「レナード……？　あの、何か……あたって……？」

「大丈夫。すぐに挿れたりはしない」

その言葉の意味を理解するよりも早く、それは動いた。

「……ひゃぁ!?」

ぬちゅり、と淫猥な水音をたてて、熱い塊がシンシアの隠れた花芽を何度もこすりつけてくる。その甘い刺激が快感となってシンシアの腰を震わせた。何がどうなっているというのだろうか。冷静になろうとしても、与えられる快感で思考がかき消されてしまう。それでも必死に今ある事実を考えてみると、ついこの間ロッティに教えられたばかりの夜伽の話が頭に浮かぶ。

「あ、の」

「ん？」

「そこ……は、大事な……」

「ああ。……だから、こうして解しているんだよ？」

レナードの欲望に染まった紫の瞳を見上げ、シンシアはようやく自分がこのあとどうなるのかを悟った。急激に現実へと引き戻されたような感覚に、目を瞠る。

「……だ、だめ……っ」

「ようやく、自分が何をされるのかわかったみたいだな」

腰を動かしながら、レナードは容赦なく花芽をこすって快感を強くした。

「……やぁ……ッ」

溢れた蜜が彼自身にまとわりつくいやらしい音に、耳を塞ぎたくなる。快感に流されそうになる理性を必死に保ちながら、シンシアは口を開いた。

「だ、……って、儀式は」

「そう、身を捧げる王女は純潔でなければいけない」

そこまで知っているのに、なぜ。

疑問を表情に変えたシンシアを見下ろして、動きを止めたレナードは苦笑を浮かべる。

「だからね、シア」

ゆっくりと覆いかぶさってきたレナードがシンシアの頬に手を添え、目元の涙を拭った。触れ合う肌は互いに熱い。じっとシンシアの瞳の奥を覗きこんでくる紫の瞳は、真剣に何かを求めるように言った。吐息が触れ合う距離で。

「俺のものになると言え」

口調こそ命令だったが、なぜかその表情は許しを乞うようなものだった。額を合わせるようにこつりと当て、優しい手つきで頬をくすぐる。これ以上はしたくない。そう、彼の仕草がシンシアに告げていた。

心臓が、切なさで締め付けられる。何が彼をそうさせているのかわからないが、幼なじみである自分にできることがあれば、なんでもしたかった。しかし、今の願いだけは無理だ。シンシアがいなくなってしまったら、国民の安心をフロスト王家は得られない。

「……レナード、ごめんなさい。私はこの国の王女だから、自分の意思であなたのものになるとは言えないわ」

はっきりと告げたシンシアだったが、レナードは驚きに目を瞠り、これみよがしに大きくため息をついた。

「まさか、意図が伝わらないとは思わなかった」

「え？」

どういう意味なのかわからず首をかしげるシンシアを一瞥して、レナードは破顔する。

「じゃあ、シアは国のために俺を拒めばいい。――俺は、俺のために君を奪う」

その紫の瞳に本気をにじませ、彼は宣言どおり奪うようにシンシアの唇を塞いできた。

「んっ……、やぁ、だめ、レナー――んんぅ……ッ」

やっとの思いで唇を離し、彼を止めようと口を開くが、その隙に差し込まれた舌に絡め取られる。しゃべることを許してもらえないシンシアは、角度を変えて舌を味わうレナードにされるがままだ。

どうにかして彼を止めなければ。

そうは思うものの、乳首をきゅっとつまみ上げられたら、甘い快楽に搦め捕られてしまう。シンシアの心とは別に、快楽に溺れていく身体から抵抗する力が抜ける。それどころか、何かが奥から溢れる感覚に戸惑いを覚えた。

「だ、め……、だめなの……ッ」

「シアはさっきからそればかりだな。やめないと言っているだろう」

「そうじゃ、なく、あぁっ！」

シンシアの訴えに、何かを察したレナードが、先ほどまで舐めしゃぶっていた乳首を離して顔を上げた。断続的に続いていた快感が止まり、シンシアは紫の瞳に告げる。

「あ、溢れちゃうの……っ」

顔を真っ赤にして、戸惑いをぶつけた。一瞬、きょとんとしたレナードだったが、シンシアの言いたいことを察したのだろう。意地悪く口の端を上げ、蜜口に当てていた熱い塊で花芽をこするようにして揺すった。

「ひゃん！」

「確かに、奥からどんどん蜜が溢れてぬるぬるだ。……でも、これはシンシアが思っているようなものじゃない。君の身体が気持ちいいって言ってる証拠だ」

そう言って、自分の蜜でぬるついた大事なところをさらに強くこすりつけてきた。彼の言うとおり、甘い刺激が走ると奥から何かが溢れてくる。

「はぁ……っ、はぁ、あぁ……!!」

自分がどうにかなってしまいそうな感覚に陥りながらも、シンシアは必死で理性にしがみついた。

「も……、やめ」

与えられる快感に腰のあたりから蕩けそうになっていたとき、レナードの唇が離れた。

「レナー……ド……」

もしかしたらやめてくれるのかもしれない。そう期待を持ってレナードを見上げるのだが、次の瞬間、蜜口にあてがわれた熱い塊に彼の本気を知る。それは先ほどまでシンシアの花芽をこすりつけ、その蜜を纏った彼自身だった。これから起こることを予想したシンシアは、未体験の恐怖を前に口元をひくつかせた。

「お願い……」

「……」

「お願いだから、それだけはしないで」

どうか、思いとどまってほしい。

そう願いをこめて懇願する。しかし、レナードの瞳は揺らぐことなく、最後の選択をシンシアに突きつけてきた。

「じゃあ、俺のものになる？」

縋るように言うレナードの声に、切なさで心がいっぱいになる。しかしそれでも、首を縦に振るわけにはいかなかった。

「レナード、私は――――！」

それを彼もわかっていたのだろう。その直後、彼の瞳が覚悟を固めたようにシンシアを射抜いた。

「それができないなら、シアはこれから俺のものになる」

そして、それは無遠慮にシンシアのナカに入ってきた。

「――――ッ!?」

引き裂くような痛みを感じ、声にならない叫びがあがった。痛い。痛い。痛い痛い。心の中で何度も痛いと叫ぶが、息苦しくて言葉にならない。誰も受け入れたことのないそこは、強引に押し進んでくる灼熱の塊によって今までにない圧迫感で埋まっていた。

「……想像していたよりも、かなりキツいな」

「じゃあ、抜いて……！」

痛みで溢れた涙が、眦《まなじり》からこぼれ落ちる。唇を噛み締めて必死にその痛みに耐えてみせるが、なかなかに難しい。潤んでいく視界で、苦笑を浮かべたレナードがシンシアの目元に残る涙を舌で舐めとった。

「そのお願いもきけない」

耳元に唇を寄せたレナードが囁き、首筋にくちづける。さらに鎖骨、さらけ出された胸元へ唇が移動すると、最後に彼は噛み締めていた唇にくちづけてきた。舌先でそっとくすぐり、まるで力を抜けとでも言われるような舌と唇の動きに、少しずつよけいな力が身体から抜けていく。痛みから少し解放されたシンシアがレナードを見上げると、彼は褒めるように目を細めた。その表情に、漠然とした恐怖が和らいでいくのがわかる。触れる唇は優しく甘い。何度もくちづけられているうちに、彼の優しさが唇に灯り少しずつほぐれていった。すると、痛みで強張っていた身体からも自然に力が抜け、その隙に腰に手を差し込んだレナードが、素早くコルセットを外した。

「……っはぁ」

締め付けから解放された瞬間、甘い吐息とともに緊張が抜ける。それを見逃さなかったレナードは、起き上がりざまにシンシアの腰を掴んでぐっと最奥まで腰を突き挿れた。

「――っ!!」

言葉にできない痛みに背中がのけぞった。どうやってこの痛みに耐えたらいいのかわからないシンシアは、再び唇を噛み締め、自分の手を握りしめた。

「シア。……ああ、シア。せっかく力が抜けたのに、また噛むな。血が出る」

レナードの指先がシンシアの唇を労《いたわ》るように撫でてくる。

だったら抜いてほしい。そう思うのだが、痛みに耐えるだけで精一杯だった。それがレナードにも伝わったのだろう、彼は小さく舌打ちすると、シンシアの両頬を挟み込み、先ほどのように唇を合わせてきた。

「ん……っ」

優しく唇を舐める彼の舌先が、力を抜けと伝えてくる。くちづけの合間に、愛称や名前を何度も囁かれた。

「大丈夫だ……。力を抜け、シア」

その言葉に、シンシアはとうとう噛み締めていた唇を開く。

「ぜん……っぜん、大丈夫じゃない……！」

シンシアはレナードを睨みつけるように見上げ、ぶわりと涙を溢れさせた。それを見たレナードは苦笑を浮かべ、シンシアの口の中に自分の指を入れる。

「わかってる。だから、噛むならこっちを噛め」

思いきり噛んでも構わない。そう続けて、レナードはゆるゆると腰を動かし始めた。

「ふぅ……っ、ん、んんんーっ！」

彼の大きさにやっと慣れたところだというのに、抽挿を始められて目の前がちかちかする。どうしてこんなにひどいことをするのだろう。だめだと拒絶し、やめてと懇願したのに、彼は無理やりシンシアのナカに入ってきた。もう、なにがなんだかわからない。

それなのに――。

「シア」

彼の、求めるような切ない声に心臓が締め付けられる。レナードは眉間に皺を寄せ、ときおり甘い吐息をこぼしながら、空いている手でシンシアの頬を気遣わしげに撫でてくれた。やっていることはひどいのに、彼がシンシアに触れてくる手や唇はどれも優しい。今だってシンシア以上に苦しい表情をしているのは彼のほうだ。

わからない。レナードも、自分の心も、わからなすぎて涙が出てくる。

「……シア？」

動けないよう拘束こそすれ、彼はシンシアの気持ちを何度も確認してきた。そんなことをせずとも、最初から乱暴にできれば簡単にできたはずだ。それなのにレナードはそれをしなかった。今だってそうだ。シンシアが泣いても喚《わめ》いてもこの行為を続ければいいだけなのに、今、彼は動きを止め、気遣わしげにシンシアの顔を覗きこんでいる。

「シア、どうした？」

彼の優しさに気づかなければよかった。

このままひどいことをされてしまえばよかった。

そうしたら、こんな気持ちにはならなかったのに。

「ふぅ……っ」

「……シア？」

ぽろぽろと涙をこぼすシンシアに、レナードは優しく声をかけ、口の中から指を引き抜いた。その指には先ほどまで噛み締めていたシンシアの歯形がはっきりついているというのに、彼は痛い素振りすら見せなかった。それよりもシンシアを気遣って、何度もくちづけをしてくる。

レナードがわからなかった。

「……レナード、が、……優しいのか、ひどいのか、わかん、ない……」

涙ながらに戸惑いを口にすると、レナードが目を瞠る。それから困ったように苦笑を浮かべ、シンシアの目をその手で覆った。

「みえ、ない」

「見なくていい」

「どうして……?」

「ひどいことをしている男の顔なんて、シアが見る必要はないからだよ」

胸が締め付けられるような声に、手を退けてと言いたかった。しかし、その直後に唇が塞がれ、抽挿を速くされる。

「ふぅ……、んんっ、んんぅ……っ!!」

やがて彼に馴染んできたのか、シンシアのナカはレナードをほどよく受け入れ始めた。

視界を封じられてからは名前を呼ばれなくなったが、唇からもたらされる優しさはより一層深くなったように感じる。

「レナー……んぅっ」

名前を呼ぼうとするたびに唇を塞がれ、いやらしく舌を絡め取られてしまう。肌が次第に敏感になっていき、レナードが乳房を揉んだり乳首をくりくりとつまむだけで腰がやたらと跳ねた。

理性も思考もすべてが何かに包まれた瞬間、ふいに目を覆っていた手が離れた。レナードが起き上がってシンシアを思いきり揺すり始める。

「やぁ……ッ、あぁ……んっ！　ふか、いぃ……っ」

何度も深く腰を穿たれ、花芽を指でいじられた。急速に何かがやってきて、ナカにいる彼が大きくなった刹那《せつな》——求められるように抱きしめられた。

「……っく、ぅ」

ぎゅっと抱きしめられた耳元からレナードの苦しげな声が聞こえると、どくんどくんと何かが勢いよくナカに注ぎ込まれる。熱いほとばしりはシンシアのナカを満たした。レナードの荒い呼吸が耳たぶをくすぐり、抱きしめる腕の力が強くなったかと思うと、彼の肩が小刻みに震える。それが寒さによるものなのかどうかわからなかったが、心のどこかが揺さぶられた。自然とレナードの頬に顔をすり寄せていた。

「……っ」

息を呑んだレナードが、縋るように抱きしめる腕に力をこめる。しかし、その息苦しさは一瞬だった。すぐにレナードは上半身を起こし、シンシアのナカから自身を引き抜いた。

「っ、ん」

それと同時に、こぽりと溢れ出す何かに現実を理解する。

「……」

起き上がったレナードをぼんやり見上げると、彼はシンシアの頭上に両手を伸ばした。静かに彼女の手首を縛っていた飾り紐を解き、しどけない格好をしている彼女の上にシーツをかける。そして自身は、身支度を整えてからシンシアの眠るベッドに腰をかけた。見下ろしてくる紫の瞳に、後悔の色は見えない。じっとシンシアを見つめていたレナードが、ふいに彼女の手を持ち上げる。飾り紐の痕がはっきりとついているそこに唇を寄せた彼は、申し訳なさそうに己の唇を押し当てた。

「…………ど、して?」

ぼんやりした視界と思考の中で振り絞ったシンシアの声に、レナードは答える。

「シアに譲れないものがあるように、俺にも譲れないものがあった」

それだけの覚悟があってした、と彼の態度は語っていた。

「……憎むなら、憎んでくれて構わない」

それを最後に、シンシアの意識はぷつりと途絶え、彼が部屋から出て行ったのかすら覚えていない。次に目を覚ましたときには、何もかもが終わっていた。

汚れたシーツも、破かれたドレスもなく、シンシアはいつものナイトドレスに着替えさせられていて、夢から覚めたような気分になる。が、シンシアの身体のナカに残っていた彼の残滓が、残酷な現実を告げていた。

あれは、あの交わりは夢ではないと。

純潔は、散らされたのだと。

――そうして、シンシアは儀式を迎えることになった。

第二章　儀　式

――彼に摑まれたところが、熱い。

近衛兵に囲まれた中央で、簡素な花嫁衣装に身を包んだシンシアはそっとレナードに摑まれた手首に手を添えた。奇しくも、それは純潔が散ったあとにくちづけられた部分でもある。薄くなった飾り紐の痕をなぞるように己の手首に指先で触れるが、思ったよりも肌は冷えていた。内側に灯された彼の熱に、不思議と心臓が締め付けられる。

儀式前に心を乱してはいけない。

シンシアは気持ちを整え、レナードのことを忘れるように己の手首から手を離した。

その直後。

「フロスト王国第一王女シンシア・フロスト、前へ」

あたりに響いた厳粛な声に、ゆっくりと顔を上げる。

近衛兵が規則正しい動きでシンシアの前から退き、視界が開けた。目の前にあるのは、いつもと違う緊張感に包まれている中庭だ。奥に長い長方形の水盤に、回廊から見えるいつもの空が映し出されている。最奥には祭壇が調《ととの》えられており、その前で宰相が白い祭服を着て立っていた。

フロスト王国では、宰相が国の政《まつりごと》だけでなく祭祀を行うことになっている。そのため、代々の宰相が慣例に倣《なら》い、毎年この儀式を執り行ってきた。例年通りであれば、東の塔に祭壇を設けて祈りと生贄を捧げればいいのだが、今年の儀式は特殊だ。供物が雌山羊ではなく人間、しかもこの国の王女なのだから、それ相応の儀式を行わなくてはならない。儀式の場所選びも重要なことだった。

そうして選ばれたのが、この中庭だ。この王城は小高い山の上に作られており、天の神に一番近い場所とされている。また、背後にそびえる山の清らかな水を水盤に流し込んでいることもあって、空と清らかな水が一体になっている場所だった。

簡易的に設けられた祭壇に向かうべく、シンシアは回廊からゆっくりと中庭に足を踏み出した。さらり。上等な絹のドレスが足を撫でる。一歩、また一歩と水盤に近づいていくシンシアを見守るのは、祭壇のそばに設けられた玉座に座る国王だった。その沈痛な面持ちに、シンシアの心が痛む。大丈夫だと笑顔を向けたいが、儀式中はそれもできない。この身を神に捧げる神聖な儀式のため、表情を変えてはいけない決まりだった。申し訳ない気持ちになりながらも、身に感じるもうひとつの視線を辿る。

そこには、シンシアの運命を決めた元凶とも言える王妃の姿があった。その隣にはまだ幼い弟と妹のシャーリィがいる。国王の隣で我が物顔で座っている彼女は、シンシアが歩を進めるたびに満足気に目元を綻《ほころ》ばせていた。その表情に、一瞬だけ心が揺れ動きそうになった。が、すぐに視線を逸らすことによって動揺を鎮めた。深呼吸をして心を強く持ったシンシアは、そっと水盤の上に足をのせる。

水面に指先が触れると、波紋が拡がっていった。それを追いかけるように、シンシアは水盤の上を歩いていく。ぱしゃん。ぱしゃん。足元で水が跳ね、引きずるドレスの裾が水に浸る。ただ水盤の上を歩いているだけなのに、幻想的な空間を見せ、頬を撫でる風が凛とした厳粛な空気を伝えてくれた。

——このまま、無事に終わりますように。

シンシア自身も、自然と心の中で祈っていた。

儀式は、本人だけでなく周囲の協力がなければいけない。この神聖な空気を壊すことなく、シンシアが宰相のもとへ辿り着ければいいだけだ。たったそれだけのこと。しかし、その短い時間の間に、この空気を乱すようなことがあれば儀式は失敗に終わってしまう。そのため、城内を厳戒態勢にし、参列者は儀式が終わるのを固唾《かたず》を呑んで見守っている。

歩くたび、足にまとわりつくドレスは水を含んで重い。周囲には足取りが重いように見えるだろうが、シンシアの心は不思議と軽かった。

何があっても、どのようなことになったとしても、自分がこの国を守れる。

それだけで、心が誇らしさでいっぱいになった。

『いい、シア。国は家よ。そして、国民は家族』

かつて母に言い聞かされた言葉が、優しい声となって蘇る。

『だから、私たちは家族を守らなければいけないの。この家をずっとずっと守るためにね。それが、私たちの使命なのよ』

はい、と思い出の中の母に強く応えたシンシアは、己の足を止めた。最後の波紋が、シンシアを中心にして拡がっていく。――そして、生贄の花嫁はその場に膝をついた。

祈るように両手を胸の前で合わせ、ゆっくりと目を閉じる。これでシンシアのやるべきことは終わった。あとは、宰相からの祝詞《のりと》と額への水の祝福で儀式は終了となる。


――はずだった。


なぜか、一向に儀式が進まない。何か想定外の出来事でも起きているのかと不審に思ったシンシアが目を開けると、宰相の目線はシンシアではなく、その後ろに注がれていた。

中庭を巡る回廊には近衛兵が配置され、万全の態勢で儀式は行われているはずだ。それなのに、なぜ宰相はこんなにも驚いた顔をしているのだろうか。

「……あ、あなた……!!」

次に、王妃が驚きを露わにした。シンシアは、ざわつく空気に不安を覚える。一体何が起きているというのか。確認したくてもしきたり上、振り向くことはできない。歯がゆい思いでその場にいるシンシアの耳に、凛とした声が届く。

「邪魔をして悪いが、ひとつ、懺悔《ざんげ》がしたい」

どくん。

大きく高鳴った心臓が、声の主に反応する。動揺は禁じられているはずだが、周囲もその人物の登場に動揺し、騒然としていた。早鐘《はやがね》を打つ心臓に、何度も鎮まれと命令を下す。が、次の宰相の言葉でさらに胸の鼓動は大きくなった。

「し、しかしレナードさま」

状況を理解しただろう宰相の声に、動揺が表れる。

「私は司祭ではありません。……懺悔をするのなら、私ではなく然るべき場所で然るべき者にされたほうが賢明かと思いますが」

宰相が静かに告げた。相手は隣国の王子だ。無下にすることは外交問題に発展すると判断したのだろう。宰相が慎重になっているのが硬い声から窺えた。

「いや、あなたに懺悔がしたい。……どうしても、伝えたいことがある。今、この場で」

「それは……儀式を中断しても、ということでしょうか？」

「無論だ。懺悔の内容が、この儀式に関することだからな」

中庭に響いたレナードの声に、ざわついていた周囲が静まり返る。ぱしゃん。次いで聞こえた水の跳ねる音で、彼が水盤の上を歩いてきていることがわかった。

「……それは、どのような」

「そこにいる生贄の話だ」

レナードの冷たい声に、最悪な事態が頭をよぎる。その直後、それはしんと静まり返った中庭に響き渡った。

「彼女は純潔ではない」

凛とした彼の声が連れてきたのは一瞬の静寂と、——混乱だった。

「……シンシアさまが……、純潔では、ない……？」

驚きを隠せないといった様子で、宰相が呟く。息を呑んでいた周囲からのざわつきも大きくなり、その動揺で空気が震えている。どうしよう。どうしたらいい。早鐘を打つ心臓をどうすることもできず、その場で凍りついていたシンシアの耳に届いたのは、動揺を切り裂かんばかりの否定だった。

「嘘よ!!」

立ち上がった王妃の感情的な声がこだまする。

「我が国の大事な儀式を邪魔しただけでなく、嘘まで言うとは、いくらランドルフ王国の王子といえども許しませんよ……!!」

「……あなたは何もわかっていない」

王妃の声とは対照的にとても静かで、落ち着いた様子のレナードは言った。どこか相手を見下すような物言いに、王妃の眉根が吊り上がる。

「嘘だと言えるのは、当事者じゃないから言えるのです。私が、どうして懺悔をしたいと申し出たとお思いですか?」

何かに気づいたのだろう、王妃が驚きに目を瞠った。周囲も固唾を呑んで、このやりとりを見守っている。ここにいるすべての人の興味が中庭に注がれていた。

そして、周囲の視線を一身に浴びているだろうレナードが、決定的な一言を言い放つ。

「その相手が、私だからですよ」

懺悔とは逆のふてぶてしい態度に、言葉が出なかった王妃が口を開きかけた。が、レナードは彼女に反論の隙を与えようとはしなかった。ぱしゃん。背後で水が跳ねる。

「この場にいるみなさまに、罪深い私を許してほしいとは言いません!」

王妃から、今度《フロスト》はこの場にいる全員に伝えるように、彼は大きな声で大仰に言った。

「しかし、この国を思えばこそ、黙ってなどいられなかったのです! 神を欺いたまま儀式を続けてしまえば、さらなる災いが起きるかもしれない。そう思うと、神の逆鱗《げきりん》に触れてしまうこの国を見捨てることなど、私にはできなかった……!!」

　真に迫る彼の話は完璧だった。目の前にいる宰相だけでなく、視界の端にいる重臣たちでさえも、彼の話に聞き入るように真剣な眼差しを送る。その表情によって、レナードがこの場にいるほとんどの人心《じんしん》を掌握《しょうあく》していることがわかった。

「フロスト王国は、我が国にとっても大切な友好国です。私の罪深い行いのせいで、みなさまにご迷惑をおかけしてしまったこと、深くお詫び申し上げます。そして」

　ぱしゃん。真横で水が跳ね、マントがふわりと水面に落ちる。見覚えのあるマントが視界の端でちらつくと、その人物が静かに膝を折った。

「……国王陛下、並びに王妃さま。そしてここにいらっしゃるすべてのみなさまと天上の神に、心からの懺悔を」

　シンシアの隣に跪いた彼は、そう言って頭を下げた。――その口元が薄く笑んでいることなど、真横にいるシンシアにしかわからなかった。どこか嫌な予感に突き動かされたシンシアが宰相を見上げる。しかし、何かを言う前にレナードの声がさし挟まれた。

「つきましては、この責任をとらせていただきたいと存じます」

　レナードの申し出に宰相が困り顔で国王に視線を向け、それを受けた国王が口を開く。

「どう責任をとるつもりでしょうか」

「はい」

するとと、彼は隣で座っているシンシアの手をとった。

「え……、あの」

戸惑うシンシアなど構うことなく、無理やり一緒に立たせたレナードはシンシアの腰を抱き寄せ、国王を見据えた。

「シンシアを……、彼女を私の妃として娶《めと》ることでとらせていただきます」

レナードの腕の中で唖然とするシンシア。いや、シンシアだけではなく、この場にいるすべての人間が唖然とした。

「そういうわけですので、必要な書類や儀式をだめにしてしまった詫びは、後日改めて」

周囲が状況を理解する時間など与えないと言わんばかりに、レナードは呆けるシンシアを抱き上げた。

「きゃぁ……っ！」

膝裏と背中に腕を回されたと思ったら、ふわりと宙を浮く感覚に声があがる。踵《きびす》を返したレナードが水盤の上を歩くたびに、足元で水の跳ねる音がした。まっすぐ回廊に向かう彼の顔を見上げ、ようやく自分が抱き上げられていることを理解する。

「や……っ、下ろして……！」

シンシアが両手足をばたつかせて抵抗するが、レナードはそれを許さなかった。ぐっと腕に力を入れて、シンシアの自由を奪う。

「暴れるな」

「いや……ッ！」

遠ざかっていく祭壇を横目に、レナードが自分の役目を奪おうとしていることに恐怖を覚えた。このままでは、本当にこの国はだめになってしまう。それを指を咥えて見ているというのは、シンシアにとってはとても苦痛だ。

「レナード、お願いだから下ろして!!」

せめて、自分だけでもこの場に残ることができれば、できることもあるというのに。

自分がこの国にできる最後の手段でさえも、レナードは奪っていこうとしていた。

「レナード……!!」

懇願するように彼の名前を呼んだ直後、その思いが通じたのかぴたりと動きが止まる。

ゆっくりと視線を下ろしてきた紫の瞳に自分の顔が映り込んだ。

「シアはもう俺のモノだ」

絶対的な何かを従わせる声に息を呑む。言葉を失ったシンシアから視線を正面へと戻したレナードが再び歩き出した。それ以降、何を言ってもシンシアの声に耳を傾けないレナードは、彼女と一緒に馬車に乗り込んだのである。

★——★——★

シンシアは怒っていた。

国の命運を懸ける大事な儀式を邪魔しただけでなく、無理やりシンシアを馬車に乗せ、どことも知らぬところまで連れてきた、レナードに対して。

「——シア」

名前を呼んでもだめだ、と、言わんばかりにシンシアは顔を背ける。そもそも、レナードが何を言っても話を聞いてくれないのだから、自分も彼の話を聞く必要はない。何度名前を呼ばれても、シンシアは絶対に返事をしなかった。

あれからどれだけの時間、馬車に揺られていたかしれない。国に帰してと喚くシンシアは『うるさい』といった理由で猿ぐつわをかまされ、さらに目隠しまでされてここまでやってきた。そんな状況では話すことはおろか、時間を確認することもできない。今、自分がどこにいて、何時なのかわからないまま、状況に身を任せるほかなかった。やがて馬車が停まり、レナードに再び横抱きにされたシンシアは、何も教えてくれない彼に不満だけを募らせていた。しばらく歩いていたレナードからいきなりどこかに下ろされ、目隠しと猿ぐつわを外されたのはついさっきのことだ。目が慣れたシンシアはあたりを見渡し、ようやく自分がベッドに座らされていることを知った。側近への挨拶をすませただろうレナードが、再びシンシアの前に戻ってきてからは、——ずっとこの調子である。

「頼むから返事をしてくれないか?」

「……」

「シアが返事をしてくれないと、ずっとこのままだぞ?」

さっきからずっと正面で立っているレナードが、困ったようにため息をついた。

「……じゃあ、俺はこれから兄上のところに報告に行くがそれでもいいのか?」

あまりにもひどい言葉に、シンシアはきっとレナードを睨みつけた。

「いいわけないでしょう……!!」

「やっと口をきいてくれたのは嬉しいが、夜更けにそう大きな声を出すものじゃないな」

そうさせているのは誰だと、もっと言ってやりたい気持ちになったが、シンシアはそれをぐっと堪えて自分の両腕を突き出した。

「返事をしたわ。だから、早くこれを解いて」

真珠のようなシンシアの肌に無粋な古布が巻かれ、その上から紐で両手首を縛られていた。両足も同様に縛られており、シンシアは馬車からこのベッドの上に運ばれるまで、身動きがまったくとれなかった。まるで捕虜のような扱いだと抗議したら、縛った張本人は『暴れるシアが悪い』と言って猿ぐつわをかませてきたのだった。幼なじみのすることではない。

馬車での出来事を思い出して、怒りが違う方向へいきそうになったが、今は紐を解いてもらうことのほうが大事だと思い直し、レナードを見上げる。

「レナード」

解いて。

強い意志をこめて彼を見つめた。すると、やっとシンシアの本気が伝わったのだろうか、レナードがぎしり、とベッドの上に片膝をついた。

「逃げない、と約束したら解いてやる」

静かに告げた彼が、ふっと口元を綻ばせる。

「といっても、ここはもう俺の国《ランドルフ》だ。自力で帰ろうにも、帰れまい。今、この状況でフロスト王国へ行きたがる御者もいなければ、馬車も見つからないだろう」

腰からナイフを取り出したレナードが、手首、足首、と順に紐を切ってくれた。やっと自由になった解放感を味わうことなく、シンシアは彼の話に耳を疑う。背中に冷たいものが流れた。

「嘘でしょ……？」

ランドルフ王国――別名、海の国と呼ばれるその国は、フロスト王国の霧を抜けた先にある。水と太陽に恵まれているため作物も育ちやすく、この国で育てられる果物はどれも甘いと評判だった。それだけでなく、海に面している港町はこの大陸一の大きさを誇り、様々な物資がランドルフ王国に集まる。海を渡って出入りする商品の出入口がランドルフ王国なら、フロスト王国はそれを大陸中に循環させる役目を担っていた。海から迂回させるよりも、フロスト王国を経由したほうが早いという理由からだった。こうして、ランドルフ、フロスト、両国の協力体制のもと、お互いに友好を結んできたのである。

かつて、父の膝の上で聞いた話を思い出したシンシアは、違和感を覚えて首をひねった。幼少のころ、ランドルフ王国出身の母に、国までどれぐらいの距離があるのかと尋ねたら、馬車で二日はかかると言っていた。それなのに到着がずいぶんと早い。シンシアが馬車に乗っていたのは半日ちょっとだ。そんな短い時間で隣国へ行けるわけがない。

「嘘よ……、そんな」

レナードは、一体どんな魔法を使ったというのだろうか。

驚きを露わにするシンシアの前に腰を下ろしたレナードが、彼女の頬に手を這わせ、視線を合わせる。

「嘘じゃない。ここは俺の寝室だ」

「だって、半日で着かない……！」

「いつの話をしているのか知らないが、今は道も整備され、急げば半日で着く。途中で馬を替えた際、少し手間取って予定よりも時間はかかったがな」

そのとき、シンシアの髪をさらりと揺らしたのは窓から吹き込む夜風だった。しっとりと肌の上をなぞる風は、フロスト王国のものとは違う。自分の居場所を肌で感じ、シンシアは初めてここが自国ではない実感を持った。

「……かえ……して」

震える唇から、小さな声がこぼれ落ちる。けれど、レナードは何も言わない。

それでもシンシアはレナードの紫の瞳を見つめながら、今度は叫ぶように言った。

「帰して……!!」

声は届いているはずだ。気持ちも伝わっているはずだ。それでも彼は何も答えない。そんな彼の態度に埒が明かないと思ったシンシアがドアへ視線を移すと、頬を覆っていた彼の手が首の後ろに回る。そして、レナードのほうへ引き寄せられた。

「また縛られたいのか」

耳元で囁かれた声は、本気だ。けれど、シンシアも本気だった。首の後ろから手を離し、静かに離れていくレナードの腰に向かって腕を伸ばす。そこに下げられていたナイフを手にして、シンシアは彼の喉元に突きつけた。

「私は帰らないといけないの」

本気だということを伝えるために行動したのだが、彼の表情は驚くほど変わらない。ナイフの切っ先は数センチのところで止まっているというのに、なぜ顔色ひとつ変えないのだろう。突きつけているシンシア自身が内心動揺するほどだった。

「……帰ったとして、君に何ができる」

静かで、しかしそれでいてはっきりとした声が耳に届く。

「儀式を……」

「そうだな。儀式はできるだろう。しかし、その資格が君にはない」

「それはレナードが……!!」

「ああ、俺が奪った。そのことをみんなの前で告白もした。……その状況で君を連れだしたんだ。戻ったところで君にできることは何もない」

「では、あなたの言うことを、嘘だと言うわ」

たとえ誰も信じなくても、王妃ならばそれを鵜呑みにするだろう。邪魔な義娘《シンシア》が戻ってきたのだ、嘘でも本当でもいいと喜んで儀式の続きを王に進言することは目に見えている。

「それを誰かが信じたとしても、神の逆鱗に触れることを良しとする者はいない」

実権を王妃に握られていようとも、決定権は王にある。王はひとつの意見を重視することなく、側近の意見も聞いて判断を下す。シンシアの父は、そういう王だった。それは娘であるシンシアにもわかっていた。でも、自分さえ国に戻れば儀式はできなくとも――

「死ぬ気だっただろ」

彼の声が、心を貫く。

この場を逃げ切るための口実を、必死に頭の中で考えていたシンシアの思考が止まった。紫の瞳はじっとシンシアを捉えて離さない。動揺を表に出さないよう、シンシアはゆっくりと息を吐き出した。

「そんなこと」

「純潔じゃないことを黙っていたのも、最終的には自分の命を差し出すつもりでいたからなんだろ……？」

その真剣な眼差しを欺くことなどできなかった。

なぜ、彼にはわかるのだろう。

誰にも話さなかった。信頼しているロッティにさえも話せなかった。シンシアのたったひとつの秘密。それをレナードはいとも簡単に暴きだしてしまった。

「シアが……、考えそうなことだ」

苦笑を浮かべたレナードの指先が、シンシアの目元をなぞる。ぼろぼろ。生温かい何かが目からこぼれ落ちた。揺らぐ視界の中で、レナードが目元をなぞるたびに流れていくそれが、ようやく涙だとわかる。

自分の中で張り詰めていた何かが、レナードに暴かれたことによってふつりと切れた。

「じゃあ、私は国を捨てて……？」

何も考えず口から出てしまった言葉に、罪悪感で心がざわめく。図らずもそうなったわけではないが、結果的に他国へきてしまった。

儀式のための資格を奪われ、その儀式すら放り出して。

呆然とつぶやいたシンシアがはらはらと涙をこぼす。国を守ることは母との約束だった。それを使命に生きてきたというのに、まるで生きている理由すら取り上げられたような気分だ。心が痛くて涙が出る。シンシアの犠牲がないことにより、国がさらなる災いで苦しむかもしれない。そう思ったら、自然と自分の手元が動いていた。

――レナードの喉元から、己の喉元へ。

「シア、それは違う」

いつもより真剣で、怖いくらいに冷静なレナードの声が静寂を破る。それと同時に、鼻先を血の匂いがかすめた。自分に向けたナイフの切っ先を肌に感じるのに、これ以上先に進めることができない。おかしい。もっと力を入れなければ自分の喉元をひと突きになんてできない。そうは思うが、ナイフはそこから動かなかった。

ぽたり。一滴の雫が、シンシアの膝の上に落ちる。ふと、視線を落とすと、ナイフを握る綺麗なレナードの手が見えた。そこから滴る真っ赤な血が、柄を伝ってシンシアの真っ白な花嫁衣装に赤い染みを作っている。

「……レナード……はなして……」

誰かの血が滴るのを見て、初めて怖いと感じた。

自分が死ぬことは怖くない。けれど、こうして誰かの血が流れるのを見ると、途端に怖くなる。彼の血から目が離せない。震える声で懇願したのに、その手は動こうとしなかった。恐怖に身体が縛られると、ナイフを持つ手も震えてくる。

刃を向けるということがどういうことか、彼の血が教えてくれた。

「お願いだから……ッ！」

「嫌だ」

「今の私にできることはこれしかないの！　これだけが、私が国にできる唯一の――ッ、ん、んぅ……ッ!?」

泣き叫ぶシンシアの首の後ろに再び手を回したレナードが、彼女を引き寄せるように唇を塞いだ。

「んぅ、……んんっ」

咥内に入り込んだ舌に絡め取られ、吸いつかれる。シンシアが言いたかった言葉も、気持ちも、自分に対する憤りも、すべてを食べつくすようなくちづけに、涙が溢れた。次第に舌先から甘い痺れが生まれると、身体からよけいな力が抜ける。それに気づいたのだろう。レナードはシンシアから唇を離した。

「いいか」

先ほどまで触れていた濡れる唇が、言葉を成す。彼は真剣な表情で告げた。

「君が国を捨てたんじゃない、国が君を捨てたんだ」

自分では認めたくなかった事実をはっきりと言われ、心が痛む。

「ふ、ぅ……うぅ、ぇえ……ッ」

ただ、自分にできることをしたかった。国のために、母との約束を守るために。

シンシアが顔をくしゃくしゃにして泣いていると、レナードは再び優しい手つきで涙を拭ってくれた。頬を滑り落ちる涙が己の手首に触れたとき、シンシアは自分がナイフを持っていることを思い出した。素手でナイフを摑むレナードを懇願するように見つめる。

「レ、レナードはな、して……、手が……」

しゃくりあげながらも、さっきとは違う意味で放してほしいと懇願する。もう、シンシアに死ぬ気などなかった。それでもレナードは、やんわりと首を横に振った。

「シアがナイフを放したら、俺も放す」

涙を拭っていた手を、レナードはそっとナイフを持つシンシアの手に重ねた。あまりにも力強く柄を握りしめていたのだろう、彼の手が触れるまで自分の手がこんなにも冷えていたことに気づけなかった。あたたかく、優しいレナードのぬくもりによってほぐれていく手から、力が抜けていく。すると、レナードは刃を素手で摑んだまま、シンシアの手の中から静かにナイフを引き抜いた。

「……いいこだ」

血まみれのナイフを後ろに放ると、隣に腰掛けたレナードは安心したようにもう一方の腕でシンシアを抱き寄せた。その腕の力が、彼の安心を伝えてくる。シンシア以上に、シンシアのことを心配してくれていたレナードに、そのまま縋りついてしまいたい衝動に駆られるが、すぐに彼の血まみれの手を思い出す。

「レナード、止血をしないと……」

彼の腕の中から逃れて見上げるシンシアに、彼は不機嫌を露わにした。それでも、シンシアはレナードの機嫌よりも、彼の手を優先する。まず、自分のドレスの裾をうまい具合に破り、手を出させた。

「手、出して?」

「握っただけだから傷口は浅い。大丈夫だ」

「大丈夫じゃないから、出して?」

「シアが汚れる」

「そんなの気にしなくていいから、早く出して」

シンシアが何を言っても退かないことを察したのか、レナードは不承不承といった様子で手を出した。血に濡れた手のひらの傷は、彼の言うとおりそこまで深くはないようだ。血を拭えば、もう血も止まっていた。それでも、シンシアは破った布を丁寧にレナードの手のひらに巻いていった。痛くないようにと気を遣いながら。

「……さっきの、フロスト王国の件だが……」

シンシアが巻ききった布を手の甲で結び終わると、レナードが静かに話を始めた。

「必要なものは慣例通り献上する。それも、今まで以上に質のいい生贄をな」

「それは……」

顔に不安を浮かべたシンシアに、レナードは大丈夫だと伝えるように口元を綻ばせた。

「もちろん、人間以外だ。雌牛にしてもいいかと思ってる。これで代用できるかどうかはわからないが、少しでも国民の不安を晴らすことができるだろう。それから、我が国も霧の影響で貿易が滞るのは不本意だ。それは至急、兄上が対応してくださっているから心配するな」

簡潔に「大丈夫だ」と言われ、目を瞠る。たくさんの物資を提供してくれているランドルフ王国が、まさかもう動いているとは思わなかった。それなのに、簡単に自分の命を国に捧げようとしていた自分が恥ずかしい。両国の友好関係を信じればこそ、もう少し違った視点でシンシアのできることがあったのかもしれない。

少しでも自分でどうにかできると思っていた傲慢な自分を反省した。

「――そうだよな、兄上？」

いきなりドアに視線を向けたレナードの声と視線に、シンシアも同じ方向を見る。薄く開いたドアから、レナードにも負けない美丈夫がゆっくりと入ってきた。

「やっぱり気づかれていたか」

レナードとは違う優しい目元に、ほくろがひとつ。髪の色こそ同じだが、レナードとはまったく違う空気を纏うその男を見て、シンシアはすぐに名前を呟いた。

「ルイス……おにーさま……？」

シンシアの小さな声に気づいたのか、ルイスがにっこりと微笑む。昔から変わらない柔和な笑みに、自然と口元も綻んだ。安心するあたたかい空気は昔から変わっていない。

「久しぶり、シンシア。……いつも向こうで会っていたから、自分の国で会うのは変な感じだね」

苦笑を浮かべたルイスが、ベッドのそばまで歩いてくる。が、その場で立ち止まりレナードを見下ろした。

「ところでレナード、椅子は？」

「覗き見など趣味の悪いことをする兄上に、お出しする椅子などありません」

「……おまえもはっきり言うね」

はぁ、とため息をついてルイスも同じようにベッドに腰掛ける。

「少しは、報告を他人任せにする弟を持つ、僕の身にもなってはくれないか？」

「大事なことはちゃんと自分で聞きに来てくださる優しい兄上を持って、俺は幸せです」

冷えた笑顔の応酬を前に、シンシアは一人はらはらしていた。しかし、さすが兄のルイスだ。それ以上レナードに何かを言うこともなく、シンシアに向き直った。

「さて、シンシア。先ほどレナードが言っていたのは本当だよ。僕たちもあの濃霧には頭を悩ませていたところだったんだ。そこで、打開策はないかといろいろ周辺を探索していてね。今現在、主要にしている街道よりも距離は多少あるのだけれど、霧がほとんどない獣道《けものみち》を見つけたんだ」

そしてルイスはレナードのほうに視線を向ける。

「で、その道の安全性や実際にかかる時間などの調査をレナードに頼んだんだけど……、直接使用してみた感じ、どうだったのかな？」

「距離はあるが霧が薄い分、馬の歩数は稼げる。もしかしたら今よりも安全で、時間も短縮できるかもしれない。というのが感想ですね。まぁ、整備必須だから主要にするまで時間はかかると思いますが」

「獣道だからね、そこは予想通りってとこかな……」

レナードの報告に、うんうんと頷きながら概ね予想通りであることを理解したルイスが、二人の会話を理解するのに必死なシンシアに視線を戻す。

「とまぁ、そういうわけだから、フロスト王国に関しては心配しないでいいからね」

ルイスの話とその笑顔に、不思議と漠然とした不安が消えていく。反対に嬉しさと喜びで胸がいっぱいになり、シンシアは思わずルイスの手をとって握りしめた。

「ルイスおにーさま……、ありがとうございます！」

「うん。だからね」

ルイスの、底が見えない笑顔に〝だから〟の意味を考えようとした、そのとき。

「シンシアにはなんの不安もなくこの国に嫁いできてほしいんだ」

何を言われたのか理解できず、シンシアはその場で固まった。

「…………え?」

たっぷりととった間《ま》から、シンシアの戸惑いを汲んだだろうルイスが、その経緯を説明してくれた。

「我が国が、フロスト王国にかなりの物資提供や融資をしているのは知っているよね」

「は、はい。……うち《フロスト》は作物が育たないですし、国内で消費している物資のほとんどがランドルフ王国のもので賄われていると伺ってます」

「そう。それで、ここから先は王族にしか伝えられていない密約なんだけれど、お父上、……国王陛下からランドルフについて何か聞いてる?」

考えてみても、何も思い当たらない。シンシアは正直に首を横に振った。すると、ルイスは「そっか」とひとつ頷いてから、口を開いた。

「実は、物資を提供する代わりに、フロスト王国の王女を迎えていたんだ」

「王女を……? それって……」

「密約と言えばそれっぽく聞こえるけれども、ありていに言えば政略結婚みたいなものだね」

困ったように息を吐き出したルイスを見ながら、シンシアはあれ、と首を傾げる。

「ルイスおにーさまって確か……」

「うん、僕は昨年結婚してすでに王妃がいるね。つまり」

ルイスの話が終わる前に、隣からぐっと腰を抱き寄せられる。

「シアが、俺の花嫁だ」

兄の言葉を継いだレナードの言葉に、シンシアは目を瞠った。

「え、……え!?」

「覚えてないのか聞いてないのか知らないが、言っただろ。シアを娶ることで儀式を中断した責任をとる、と」

言われて、あのときの記憶が蘇る。確かにレナードはフロスト国王の前で言い、シンシアをその場から連れ去った。

「……あれ、本気……だったの？」

「他国の姫を攫《さら》うのに本気は必要だろう」

見上げたレナードから真顔で返され、目の前がくらくらした。

「じゃ、じゃあ……、私は、今日から……？」

何かを求めるようにルイスへと視線を移したシンシアに、彼はにっこり微笑む。

「レナードの花嫁だね。正確に言えば、三日後の夜に行われる夜会でお披露目されるから、それまでは違うけれど」

神の花嫁という生贄の役目がなくなったシンシアに、新たな役目が告げられた。いきなりのことで戸惑うが、シンシアは気持ちを切り替えて新たな役目を受け入れる。彼の腕の中から抜け出し、レナードに向き直った。

「では、私はあなたのよき妻であるよう役目を果たします」

そう、決意を述べる。しかし、彼は切なげに眉根を寄せると、寂しそうに微笑んだ。その笑顔の意味がわからず、わけもなく心が震える。思わず自分の胸元に手を置くと、ルイスがベッドから立ち上がった。

「それじゃあレナード、話がまとまったところで説明責任を果たしてもらおうか。儀式の中断含め、その手の手当ても兼ねていろいろと聞きたいことが山ほどある」

ルイスの有無を言わさぬ笑顔に、さすがのレナードも逃げられないと思ったのだろう。小さく息を吐いてベッドから下りた。

「こんな時間に仕事をなさるとは、兄上らしい……」

「おまえの帰りが遅くならなければ、さっさと寝室に戻っているよ。それに説明次第では、増えた仕事を明日からの執務にねじ込まなければいけないんだ。おまえも覚悟しなさい」

「……申し訳ございません」

「自分のしでかしたことの大きさを理解しているのなら、咎めないでおいてやる」

厳しい一言を最後に言い放ったルイスは、先に部屋から出て行った。レナードはその背中を追いかけるように歩き出したが、それをシンシアが呼び止める。

「……なんだ？」

「え、と……、その、これから私は何をしたらいいの？」

「…………好きにしていいが？」

「そういう意味じゃ……、なくて……」

今までずっと塔の中にいたシンシアにとって〝花嫁になれ〟と言われても、具体的に何をしたらいいのかわからない。その答えを求めたのだが、彼には伝わっていないようだ。

不思議な表情を返され、逆に戸惑う。

「ずっと、塔の中にいたから……、これからどうしたらいいのか、わからないの……」

するとレナードがシンシアの頭をゆっくりと撫でた。

「レナード……？」

下からそっと見上げたレナードは、

「考えろ。自由とは、そういうことだ」

と、言い、部屋から出て行ってしまった。

その後ろ姿を呆然と見送ったシンシアは、しっくりこない言葉を唇にのせる。

「……じ、ゆう」

自由。――それは、シンシアにとって、あまりにも身近に感じられない言葉だった。

第三章　自由

瞼の裏からでもわかるほどの強い光に、シンシアは眠りから覚めた。

光の正体を目にしようとゆっくりと瞼を押し上げるのだが、あまりの眩《まぶ》しさに何度もまばたきを繰り返す。慣れない光に戸惑いながらも、時間をかけて目を慣らすと、光の正体が窓から差し込む太陽のものだということを知った。

寝室いっぱいに広がる太陽の光に、シンシアは思わずベッドから下りて駆け出した。バルコニーを開けた瞬間、たくさんの風がシンシアのハニーブロンドを吹き抜けていく。花の香りをのせた爽やかな風を全身で受けながら、シンシアはバルコニーに出た。

「……わ、ぁ……!!」

燦々と降り注ぐ陽の光を浴びながら、手すりに身体を預ける。

眼下に広がるのは活気溢れる港街だ。人々がせわしなく行き交い、子どもたちは石畳を駆けまわっている。視線をずらすと市場らしい広場が見え、軒先に色鮮やかな果物を並べている店もあった。興味と興奮は尽きない。シンシアがいろいろと街の様子を見ているとき、急に低い大きな音が鳴った。腹の底に響くようなその音に驚いて顔を上げると、港から一隻の大型船が離れていく。船は、太陽に水面を照らされた広大な紺碧《こんぺき》の海を突き進んでいった。その迷いのない針路が、思わず見惚れてしまうほど凛々しく見える。シンシアは、その航路を視線で辿ろうと顔を少し上げた。

「まぁ……!!」

深い紺碧の海と吸い込まれそうなほど澄んだ青空が、水平線を境に迫ってくるようだ。活気ある石畳の港街、紺碧の海を水平線に向かっていく一隻の船、それらをすべてやわらかく包むような鮮やかな青空。――そのすべてが、絵画から切り取ったのではないかと見紛うほどの、景色だった。

「すごいわ！」

それは、今までシンシアが見たことのない色のついた世界だった。いつも霧に囲まれ、天気の悪いフロスト王国では塔から窓の外を覗いても灰色の景色しか広がっていない。景色に灰色以外の色がつくことを知ったのは、絵画からだった。こんな世界もあるのかと、初めて見たときは心をわくわくさせたものだ。そのときの興奮が、今、シンシアを包んでいた。このバルコニーから見える景色を、隅から隅まで堪能するように目を凝らす。

「すごい、すごいわ！　本当に海は青いのね！　太陽は眩しくて、青空というのはこういう空をいうのね！　ロッティの言ったとおりだわ!!」

興奮気味に言いながら、いつも背後に控えている侍女の名前を叫んだ。しかし、そこにいたのはいつも一緒にいた侍女ではなく――。

「おはよう、シア」

開け放たれたバルコニーのドアに背中を預けるようにして立っていた、レナードだった。いるはずの侍女の姿がなく、いないはずの彼がここにいる。そこでようやく、自分がひとりなのだということを思い出した。鳥かごのような国を出たなんて、まだ夢でも見ているような気分だ。くすくすと笑うレナードが陽の下にゆっくりとその姿を現す。

「薄いナイトドレスで外に出るなんて、君は本当に無防備だな」

青銀の髪が陽の光に透けて、美しい光沢を放つ。こうして太陽の下で彼を見るのは初めてに等しく、とても新鮮だった。幼いころ暗いと感じていた紫の瞳が、とてもやわらかな色合いをしているのだと、今初めて知る。

「誘っているのかと思った」

意図が読めなくて首をかしげた瞬間、風が舞い上がる。ナイトドレスの裾がたくさんの風を孕み、ふわりと浮き上がり始めた。

「え……？　あ、やだ、やだやだ、だめ……ッ!!」

　すると、風は一気に太ももまで裾を上げる。慌ててシンシアがふくらむ裾を両手で押さえたが、太ももの付け根まで露わになってしまった。

「……いい眺めだ」

　その様子を眺めていたレナードに、文句を言いたくても裾が気になって言葉が出ない。

やっと風が収まったころにレナードがシンシアの前に立った。

「風には感謝したいが……、陽の光に肌を晒すのは感心しないな」

　そう言って、レナードは肩から外したマントでシンシアをくるみ、片腕で抱え上げた。

驚きの声をあげるよりも、鼻先をかすめたレナードの香りに心臓が高鳴るほうが先で、声が出ない。

「戻るぞ」

　レナードがバルコニーから背を向けると、目の前の風景が遠ざかっていく。まだまだこの絵画のような景色を眺めていたいシンシアは、慌ててレナードの名前を呼んだ。

「レナード！　あ、あの、私もうちょっとこの景色を……!!」

「景色は逃げないし、いつでも見られる」

　もう少し見たいと言うシンシアに、レナードはどこか楽しげに答えた。ほんの少し残念に思いながらも、寝室に戻るまでの短い間、歩き出したレナードの肩越しからシンシアはうっとりと鮮やかな色彩の世界を眺めていた。

「さて、腹は減ってないか？」

ベッドに下ろされたシンシアは、レナードを見上げて考える。しかし、どの感情よりも興奮が勝っているせいか、空腹はさほど感じられなかった。

「空いているような……、空いてないような？」

「ん。では、適当に用意させるか」

レナードがそばに控えていた側近を呼びつけ、何かを伝える。彼はすぐに寝室から出て行った。そして、それを見守るシンシアにレナードが向き直る。

「少し早いが、昼食にしよう」

それからレナードは侍女を数名呼び、シンシアの服の着替えを手伝うように言った。数人の侍女たちと入れ違いにレナードが出て行くと、唖然とするシンシアを見て彼女たちは嬉しげに顔を綻ばせたのだった。

侍女たちが持ってきたのは、淡い蜂蜜色のドレスだった。腰回りには、裾にたっぷりとレースをつけたシフォン生地が縫い付けられ、淡い蜂蜜色がかすかに透けるようになっている。たっぷりと布を使った慣れないドレスに足元をとられながらも、支度を終えたシンシアはなんとか歩いていた。普段は生地を重ねない、もっと簡素なドレスばかりを着ているせいか、どうしても足元がもたついてしまうのだ。一緒に歩くレナードにそれを気取られないよう意識して歩いていたのだが、途中で彼に手をとられてしまった。自然に握ってくる彼の手を改めて大きく感じた。何も言わない彼に倣って、シンシアも黙ってついていく。こうして子どものころのようにレナードに手を引かれていると、どこか懐かしい気持ちになった。

「……わぁ」

連れてこられたのは、敷地内にある整備された美しい庭園だ。陽の光を映す水盤の中央には狼の銅像があり、その台座から水が溢れ出している。精悍な狼の銅像が眼差しを向けるのは、もちろん王城だった。たゆたう水面の上には大輪の花々が漂い、幻想的な世界を作り出す。水面の波紋が、妖精の足あとかもしれないと思うほど瑞々しい花の香りに溢れていた。

「こっちだ」

シンシアの手を引いたレナードが、水盤から少し離れたティーテーブルのそばまで歩く。その近くに大きな木があって、ささやかではあるが日陰を作ってくれていた。テーブルの上には簡単な食事や色鮮やかなお菓子がのっていて、シンシアの空腹を煽る。そばに控えている侍女たちによってイスが引かれ、互いに腰を下ろすと、ふいにレナードの手が目に入った。真っ白い包帯から、昨夜のことが思い出されて心が痛む。

「そんな顔をするな」

彼の優しい声に導かれるように顔を上げたシンシアに向かって、レナードは微笑んだ。

「昨夜も言っただろ、傷は深くない、と」

なんでもないといった様子で、レナードは目の前で注がれた紅茶のカップに手を添えた。

「……でも」

「俺が勝手にやったことだ、シンシアが気にすることじゃない」

それでも、彼の手を傷つけてしまったのは自分だ。シンシアは、せめて彼のために何かできないだろうかと彼を見る。向かいに座るレナードは、涼しい顔でカップを口に運んでいた。その流れるような仕草を見ながら、そういえば、と、あることに気づく。

「初めてだな」

「え……？」

「こうして、一緒のテーブルでお茶をするの」

どこか口の端が嬉しそうに上がっているレナードの言葉に、思わず頬が熱くなる。まさか同じことを考えていたなんて。気恥ずかしくてレナードの顔が見られなかった。動揺するシンシアに気づいているのかいないのかわからないが、レナードはそれ以上何も言わず、皿にとったスコーンにいちごジャムをつけていた。シンシアが落ち着きを取り戻してから彼を見ると、――スコーンを頬張る彼の頬に、そぐわないものがついている。

「………シア？」

スコーンを食べ終わったレナードが不思議がるのをよそに、シンシアはこらえきれずに噴き出してしまった。

「ふ、……ふふふっ」

急にくすくすと笑い始めるシンシアに首を傾げるレナード。その様子を眺めている侍女たちも、シンシアの笑っている理由がわかったのだろう、口元を綻ばせていた。

「あー、もうだめ、無理」

「なんのことだ？」

「レナード、ついてるわ」

「………ついてる？」

シンシアの言っている意味がわからないといった様子で、レナードはきょとんとした表情を返す。それがまたかわいくて、シンシアは席を立って、ついつい小さな弟にしてやるように、彼の口元に向かって手を伸ばした。そして、レナードの口元についていたものを指先で拭ったシンシアは、それを彼に見せる。

「……ね。ついてたでしょう？　ジャム」

そして、シンシアはそれをぺろりと自分の舌で舐めとった。その様子を眺めていたレナードが遅れて状況を理解したらしく、彼は恥ずかしそうにこう告げた。

「……………………ありがとう」

いつも澄ましていた彼とは違う彼に触れられたような気がして、逆にシンシアは嬉しくなった。当初の目的とは全然違うけれども、少しでもレナードの役に立てたシンシアは、イスに座り直して並べられたサンドイッチに手を伸ばしたところで、名案が浮かんだ。

「そうだわ、レナード」

「ん？」

「食べさせてあげる！」

「……ッ、ごふっ」

　ちょうど紅茶を飲んでいたレナードがむせ、カップをソーサーに戻して咳き込む。何か変なことでも言ってしまったのだろうかと不安になるシンシアの後ろから、声がした。

「それは名案ですね！」

　驚いて振り返ると、レナードとよく一緒にいる側近の男が嬉しそうに近づいてきた。

「利き手が使えないと何かと不便ですし、ここはシンシアさまのお言葉に甘えてはどうですか。ルイスさまには黙っていてさしあげますよ、レナードさま」

「アル！」

「はいはい。口が過ぎました」

　どこか親しい間柄を感じさせるやりとりに、またレナードの違う顔を見る。今日は、シンシアの知らないレナードを見てばかりだ。それを新鮮に感じながらも、どこかそれを楽しんでいる自分がいた。

「シア、ありがとう。気持ちだけで充分だから」

「……そう……なの？」

「うん。だから、ありがとう」

最後にもう一度、笑顔で謝辞を言ったレナードは、真剣な表情で側近から手渡された書類を覗きこんだり、ときおりサインをしたりなど、執務をこなしていく。昨夜、ルイスが忙しくなると言っていたことを思い出したシンシアは、彼の邪魔にならないよう黙って食事をすませた。そしてレナードに断りを入れてから席を立ち、気になっていた水盤のそばで座り込む。水面を漂う花を眺めながら、ひっそりとため息をついた。

結局、レナードに何もできなかった。

役立たずな自分に落胆しながらも、自分にできることがないかを考える。今までは、国のために身も心も捧げるのが使命なのだと、なんの疑問もなく生きてきた。しかし、今は違う。使命というしがらみから解放され、新たにレナードの花嫁として生きることになったシンシアは、てっきりレナードから花嫁として新しい使命を与えられるものだとばかり思っていた。それなのに、彼は好きにしていいと、自由なのだと言った。

「そもそも、自由って……、何かしら？」

シンシアの漠然とした疑問に、誰も答えてはくれない。こんなことならロッティに「自由」について聞いておけばよかったとさえ思う。レナードに言われた聞き慣れない〝自由〟という言葉は、シンシアに〝考える〟というきっかけを与えた。が、考えてもわからないことを考えると思考が迷子になる。

結局、頭の中が混乱してきて、最初に何を考えていたのかもわからなくなったシンシアは、これ以上考えることを諦めて大きなため息を吐き出し、水面に映る自分の顔を覗きこむ。陽の光に照らされたハニーブロンドは、自分でも驚くぐらいに見事なまでの輝きを放っていた。フロスト王国にいたときはくすんで見えた髪が、陽の光に当たるとこうまで輝くのか、と鏡の中の自分を前にして密かに思った。

「……はぁ」

再び出てしまったため息が、水面をかすかに揺らす。崩れた自分の顔が、はっきり見えるようになるまで黙って水面を眺めていると、今までいなかった小さな影が映り込む。

「ん？」

真っ白いふわふわの毛をした仔猫が、楽しげにしっぽを揺らしている。すぐに顔を上げたシンシアは隣に視線を移した。すると、水面に映っていたそのままの仔猫がそこにいて、愛らしい青い瞳を細くし、にゃぁんと鳴く。あまりのかわいさに、心が震えてしばらく声が出なかった。昔、弟が生まれた際、王妃に内緒でこっそり生まれた姿を見に行ったことがあるのだが、はいはいがようやくできるようになった弟の後ろ姿を眺めて、これに似たような気持ちになったことを思い出す。

「……触っても、いいですか？」

しかし、許可を得たところで仔猫が逃げないという保証はない。それでも許可を得ないよりはマシだと思い、シンシアはそっと仔猫の頭を撫でようと手をかざす。が、仔猫は驚いたのか、小さな身体を震わせて逃げてしまった。その後ろ姿を見ながら、やり場のない手が宙を彷徨《さまよ》う。おかしな格好で止まっている自分を想像し、シンシアは口元を綻ばせてくすくすと笑った。

なぜだろう。

先ほどまでは漠然とした疑問を感じて怖いくらいだったというのに、新しい出会いや塔の中では味わえない経験に、こんなにもわくわくする。今まで味わったことのない楽しさに、自然と笑い出してしまう。こんなことは初めてだった。

「もしかして……、これが自由？」

誰にも心を束縛されない、今この瞬間が、自由と呼ばれるものなのかもしれない。

そんなことを考えながら、シンシアはその場から立ち上がり、レナードがいるであろうティーテーブルのほうに向き直った。

「……あれ？」

そこにいるはずのレナードの姿はなく、側近の姿も見えない。小首をかしげてティーテーブルのほうに向かうと、木陰で横になっているレナードを見つけた。自然と足が彼のほうへ向かい、綺麗な寝顔を晒しているレナードのそばでしゃがみこむ。

木漏れ日に照らされた彼の前髪が風に遊ばれ、さらりと揺れる。間近で彼の寝顔を眺めたことがないシンシアは、その寝顔から目を離せずにいた。青銀色だと思っていた髪は、ちゃんと陽の下で見ると、少し紫に近い青みがかった不思議な色をしていることに気づく。新しい発見に、自然と口元も綻んだ。もっと見たら、何か新しい発見があるかもしれないという欲求が湧き上がり、シンシアはさらにまじまじと彼の寝顔を眺めた。

鋭い目元が穏やかに見えるのは、心なしか眉尻《まゆじり》が下がっているせいだろうか。いつもの精悍な顔つきも、今はとても無防備だ。すぅすぅと寝息を立てる唇が愛らしくさえ感じた。綺麗な彫像よりも、レナードの寝顔のほうがずっと美しかった。

「綺麗」

うっとりとした声が唇からこぼれる。無防備なレナードに、自然と手が伸びていた。気持ちよく眠っている彼を起こさないよう、シンシアはゆっくりと彼の頬を手のひらで覆った。——そのとき。

「ひゃぁ……っ!!」

手首を掴まれ、彼の腕の中へと引き寄せられる。

「お、起きて……!?」

「視線を感じたら誰だって起きるだろ」

くわ、とあくびをしたレナードがシンシアの腰を抱いた。自分のせいで起こしてしまったのかもしれないと思ったシンシアは、謝るために慌てて上半身を起こす。そうして見下ろした彼と目が合った瞬間、相手はやわらかな微笑みを浮かべた。

「ていうのは嘘で、本当はシアからのくちづけを待ってた」

今まで見たことのない表情で笑うレナードを見て、心臓が大きく高鳴る。頬が熱くなり、どうしたらいいのかわからなくなった。どう返事をしたらいいものかと考えるシンシアの頬に、レナードはそっと手を這わせてくる。

「……やっぱり似合ってる」

そう言って、頬を撫でた手でシンシアの髪を一房《ひとふさ》手にした。そして、細くなめらかなハニーブロンドを弄ぶように指を絡めていく。その優しい手つきに、心臓の鼓動が加速した。

「シンシアの髪には、海に輝く夕陽の色が映えると思っていたんだ」

あまりにも彼の手元を意識していたせいか、レナードがシンシアのドレスを褒めていることに気づけなかった。すると、苦笑を浮かべたレナードがおもむろに上半身を起こす。

顔を真っ赤にして固まるシンシアをその腕に抱くと、彼はシンシアの耳元でそっと囁いた。

「そんな顔で誘わないでくれないか。ここが外だということを忘れてしまいそうになる」

彼の言葉を理解する前にレナードがシンシアを放して立ち上がり、その場で大きく身体を伸ばした。その姿を見ながら、そういえば、と昨夜の記憶が蘇る。

「もしかして、寝てない……の？」

レナードたちを見送り、シンシアがナイトドレスに着替えてベッドに潜り込んだのは、空が白くなり始めているころだった。その間、レナードは一度もシンシアの前に姿を見せていない。普通に考えたら、寝ていないと思うのが当然だろう。心配そうにレナードを見上げるシンシアに、彼は微苦笑を浮かべた。

「俺が好きでやっていることだから、シアは心配しなくていい。それよりも、時間だ」

話を切り上げるように、レナードから手を差し伸べられる。しかし、シンシアは素直にその手をとることができなかった。

「でも……」

「シア。戻るぞ」

強く名前を呼ばれて観念する。これ以上、彼に迷惑をかけるわけにはいかなかった。

レナードの手をとって立ち上がったシンシアは、ここにきたときと同じように手を引かれて王城へと戻る。そして執務に戻るレナードに代わり、シンシアを部屋まで送ってくれたのは彼の側近だった。しかし、彼はレナードの私室ではなく、その隣の部屋にシンシアを案内した。

「レナードさまが、シンシアさまに、と」

そうして開かれたドアの先にあったのは、息を呑む光景だった。

「お待ちしておりました。シンシアさま」

部屋の中央で、シンシアの大好きな春の陽射しを思わせる穏やかな笑顔が出迎える。それを見た瞬間、ドレスのことなど考えず、弾かれるように駆け出していた。

「ロッティ……ッ!!」

うっすらと目に涙を浮かべて「はい」と微笑む侍女のもとへ駆け寄り、力いっぱい彼女を抱きしめる。鼻先をかすめる花のような香りと慣れ親しんだ彼女のぬくもりに、本当にロッティがここにいることを実感した。祖国を出て一日経っただけだというのに、ロッティとは何年も会っていない気分になった。

「ロッティ、ロッティ……!!」

「はい、はい。私はここにいます。大丈夫ですよ、シンシアさま」

ちゃんと返事をしてくれるロッティの声と、背中を優しく撫でる手のあたたかさに、自然と涙が溢れた。自分一人でも大丈夫だと思っていても、やはりどこか寂しかったのだろう。あとからあとから溢れる自分の涙でロッティの存在の大きさを思い知る。

「でも、ど、……して、ロッティ、が……?」

泣きながら見上げるシンシアに、ロッティは「まぁ」と苦笑を浮かべた。それから手にした布で涙に濡れたシンシアの顔を丁寧に拭いていく。

「レナードさまが、私を呼んでくださったんです」

「はい。シンシアさまが困るだろうから、と。実は私もあれからすぐに馬車に乗せてもらったんですよ。でも途中で馬車の調子が悪くなって……」

「つい先ほど到着したので、こちらにお通しいたしました」

背後から聞こえた声に、そっとロッティから離れて振り返る。すると、案内してくれた側近が静かに続けた。

「この部屋も、殿下がシンシアさまに、とご用意したものです。お召し替えなどもすべてクローゼットにご用意しておりますので、好きにお使いください」

丁寧に説明してくれる彼の落ち着いた笑顔を見て、シンシアは我に返った。

「……みっともないところをお見せして、申し訳ございませんでした。ロッティ、こちらレナードの側近でいらっしゃるアルフレッドさま。私をここまで案内してくださったのよ。あぁ、そうだわ、私ったらお礼もまだでしたわね。アルフレッドさま、ここまで案内してくださって、ありがとうございました」

二人の間で、何度も身体を向き直っていたが、最後にドレスの裾をつまんで、ちょこんと膝を曲げたシンシアに、側近――アルフレッドは驚いたような表情をした。

「……何か？」

「え、あ、失礼いたしました。……その、私の名前をどうしてご存じなのかと……」

レナードから正式には紹介されていないことを思い出したシンシアは、アルフレッドと初めて会ったときのことを話すことにした。

「アルフレッドさま、私がレナードと城の回廊で話しているところを捜しにきたことがあったでしょう？　そのときに、あなたを呼ぶレナードの声を聞いていたの」

「あのときのことを……、覚えていらっしゃったんですか？」

「ええ」

微笑むシンシアに、アルフレッドは目を瞠ってまばたきを繰り返す。

「そう……、でしたか」

「何か、おかしいことだったのかしら……？」

「ああ、いえ。そういうわけではございません。ただ……、その、あまりにも些細なことだったのに覚えていてくださって、とても嬉しいのです。……とはいえ、ちゃんとしないと殿下に怒られてしまいますので、申し遅れましたが改めまして自己紹介を」

彼は、こほんと咳払いをしてから姿勢を正した。

「レナード殿下の側近を務めております、アルフレッド・オルグレンです。以後、お見知りおきを」

立派な金髪を揺らして自己紹介をしたアルフレッドは、甘く微笑んだ。レナードの冷たい雰囲気とは正反対の、ひだまりのようにあたたかい雰囲気を持つ人だった。

「今後、お二人の警護を殿下から仰せつかっております。何かございましたらいつでもお呼びください。……それでは、私はまだ仕事が残っておりますので、これで」

爽やかな会釈《えしやく》を残して、アルフレッドが部屋から出て行った。閉じられていくドアを最後まで見ずに、シンシアはロッティへと振り返る。

「ねぇ、ロッティ。話したいことがたくさんあるの……!!」

興奮気味に話すシンシアに、ロッティは驚くように目を瞠ってから穏やかに微笑んだ。

「では、早速お茶の用意をいたしましょう。シンシアさまのお好きなアップルパイがもうじき焼き上がりますから」

彼女のいつもの笑顔に、心の中があたたかくなった。

★――――★――――★

――その夜。

シンシアは一人、レナードの寝室で彼の帰りを待っていた。ロッティの選んでくれたシルク生地のナイトドレスは、着心地がいい。それだけでなく、袖口と裾に精巧なクロッシェレースがふんだんに使われており、大きく開いている胸元を申し訳程度にいくつかのリボンで留めている珍しいデザインをしているものだった。シンシアが着るには少し大人っぽい気がして恥ずかしいと言ったのだがロッティは譲らず、しきりに「レナードさまが喜びますから」と言って、強引にシンシアをレナードの寝室に押し込んだのだった。

「――シア……？」

聞き慣れた声に顔を上げると、シンシアを捉えたレナードが目を瞠る。驚きに顔を染めた彼は、ベッドに腰掛けるシンシアのもとへ足早にやってきた。

「まだ起きてたのか？」

「あ、その、……レナードにロッティのことをありがとうって……伝えたくて」

起きていることを咎められたような気がして、申し訳なさに声が尻すぼみになる。それでもシンシアは勇気を出してベッドから立ち上がり、レナードに微笑んだ。

「すごくね、……すごく嬉しかったの。またロッティに会えると思ってなかったから……、だから、本当にありがとう、レナード」

心をこめて感謝を伝える。

それが、初めて彼に見せた心からの笑顔だったということを、シンシアだけが知らなかった。息を呑むレナードを知らずに、シンシアはさらに続ける。

「それでね、昨夜の手のお詫びも兼ねて……、もし、私がレナードにできることがあったら、なんでも言ってほしいの」

懇願するように見上げたレナードは、ため息混じりに答えた。

「……シア、手のことは大丈夫だと」

「しつこくてごめんなさい。でもやっぱり、このままじゃ申し訳なくて……」

彼に飽きられてもしょうがないと、自分でも思っている。しかし、どんなにレナードがいいと言っても、シンシアの気持ちが収まらなかった。自分にできることがあれば、彼のためにしたいと思う。それが、シンシアの考えた結論だった。

レナードは、ひとつ息を吐いてからゆっくりと口を開く。

「……本気か？」

「ええ」

「なんでも、というのも？」

「もちろん。あ、でも、私ができること、だからね。あんまり無茶なことを言われてもできないことがあるかもしれないから、それは先に謝っておくわ」

シンシア自身にできることなど、たかが知れているだろう。国に捨てられ、王女という肩書きだけの自分に何ができるのか本人にもわからない。だから、先にできないことがあるかもしれない、と断りを入れた。すると、レナードは諦めたようにため息をつく。

「……シアが本気なのは、よくわかった」

「じゃあ……！」

「ああ。シアにしかできないことをやってもらいたい」

観念したレナードに、シンシアは喜びを露わに顔を綻ばせた。

「俺の相手をしてもらおうかな」

にっこり微笑む彼から腰を抱き寄せられ、レナードは耳元で囁く。

「シアに触れたい」

腰骨のあたりから、肌の上をぞわぞわするものが走った。そして、その意味を理解するよりも先に、シンシアはレナードによって抱き上げられた。急な浮遊感に驚き、レナードの首に縋りつくも、すぐにベッドへと下ろされる。

「レナード？」

ぎしり、ベッドを軋ませながらレナードが身体を起こして体勢を整えた。彼は、ベッドの上に座るシンシアの前で膝立ちになり、見せつけるようにクラバットを解く。衣擦れの音とともに、それはベッドの上にはらりと落ちた。

その光景があのときと重なった。

「……怖いか？」

ウエストコートのボタンに手をかけたレナードが、静かに告げる。シンシアの心の中を見透かすような彼の言葉に、少なからず動揺した。

――怖くないと言ったら、嘘になる。

ナカに入ってくるあの痛みをまた味わうのかと思うと、身体に緊張が走った。なにより、気持ちよくてどうにかなってしまいそうになるあの感覚は、知らない自分を見せつけられているようで、どこか恥ずかしかった。それでも、自分にできることならば、と言ったシンシアは、その言葉に恥じぬよう彼を受け入れる覚悟を固める。レナードの花嫁としての役目もちゃんと果たそうと、シンシアは静かにレナードを見上げた。

「……ん？」

ウエストコートを脱ぎ捨て、胸元をくつろがせた彼にドキドキしながらも、シンシアは勇気を振り絞る。

「覚悟はできてるわ。だ、だから……、はい!!」

これ以上は恥ずかしくて顔を見ることができないと言わんばかりに、シンシアは俯いて両手を揃えて前に突き出した。そして。

「好きに縛って!!」

最後に、己の覚悟を口にする。羞恥をこらえていても、身体は素直だ。頬が熱くてたまらない。早くレナードに縛られてしまいたかった。そうすればきっと、この羞恥が収まるはずだ。そう思って、静寂に包まれるベッドの上で縛られるのを待つのだが、いつまで経っても両手首は自由のままだった。レナードはそこにいるのに、なんの反応も示さない。さすがに不安に思ったシンシアが、そっと顔を上げると――。

「……レナード……？」

彼はそっぽを向いて口元を押さえていた。その耳はほのかに赤い。想像していた反応とは違う彼の態度に、何か間違ったことを口にしてしまったのだろうかと不安になる。すると、レナードが大きく息を吐き出して、シンシアに向き直った。

「あのな、シア。……あー、どこから話せばいいのか、俺もよくわかっていないんだが」

「……うん」

「どうして縛られると思ったんだ？」

「初めてされたときに、レナードが私を縛ったから」

即答するシンシアに、レナードは一瞬固まってからゆっくり口を開く。

「……だから、そうやってするもんだと思ったわけか？」

「そうだけど……、違うの？」

小首をかしげたシンシアの手を、苦笑を浮かべたレナードはそっと下ろした。

「違う」

そして、少し戸惑いを浮かべた彼が、ゆっくりと近づいてくる。その真剣な紫の瞳にじっと見つめられて、息を呑んだ。

「最初からちゃんとする」

最初、というのはどういうことだろう。意味がわからなくてまばたきを繰り返すシンシアの頬に、そっと手を這わせたレナードが甘やかに微笑んだ。

「シアは、もう俺の花嫁だから」

甘い吐息が唇に触れたかと思うと、そっと唇が塞がれる。

甘い、蜂蜜のようにとろりとした甘さが唇に広がった。まばたきを繰り返すシンシアに、レナードはついばむように、何度も触れるだけのくちづけをした。ちゅ。唇の触れ合う甘い音が寝室に響く。

「……んッ、……ぁ、ふ……」

くちづけの合間に、どちらからともなく聞こえる甘い声が心を揺さぶってきた。あのときの、奪うようなくちづけとは違う優しいくちづけに、抱えていた不安や恐怖がほぐれていく。次第に、シンシアもレナードのくちづけを受け入れ、自分から唇を押しつけるまでになっていた。しかし、優しいぬくもりが離れていくのを感じ、シンシアは自然と閉じていた瞼を開ける。

「……気持ちいい？」

レナードの紫の瞳が、優しげに問いかけてくる。それが嬉しくて、シンシアは口元を綻ばせて微笑んだ。

「ふわふわするわ」

「じゃあ、質問を変えよう。……もっとしたい？」

妖しく光るレナードの瞳に吸い寄せられる。シンシアは声に出さず、舌先で転がすように「もっと」と唇で言葉をなぞった。すると、今まで感じたことのない欲望に、ほんの少し火がついたような気がした。

「シア」

その声は、欲望を口にしてもいいのだと、誘うように甘い。

「ちゃんと言って」

不思議と、心が素直に開いていく。

「……もっと……、したい」

口からこぼれた甘い欲望に、レナードははにかんでシンシアの唇を奪う。ベッドに押し倒され、触れるくちづけから食べられるような深いものへと変わった。下唇を食むように唇で挟み、舌先でくすぐられる。腰骨のあたりからぞわぞわとしたものが肌を走り、無意識に腰が浮いた。くちづけの合間にこぼれる吐息や、鼻から抜けるレナードの声にとろりと意識が蕩け始めていく。

「……ん」

ちゅ、ちゅ。耳に入ってくるくちづけの音に身を委ねる。自然と鼻から抜ける吐息が、自分のものとは思えないほど甘く感じた。やがて、くちづけが止まったのに気づいたシンシアがぼんやり目を開けると、レナードが口の端を上げて妖艶に微笑んだ。

「シアは、くちづけが好きなんだ？」

「え……？」

「俺がやめたら、すぐに物欲しそうに目を開けた」

意地悪く言われて、恥ずかしさに頬が熱くなる。

「い、意地悪ぅ――んっ」

反論するために口を開けた瞬間、咥内に舌を差し込まれてしまい、そのままレナードに唇を塞がれた。舌を絡め取られ、あやすように舌先でくすぐられる。

「ふぅう……、んむ」

やわらかい舌がこすれ合い、くちづけにより一層甘みを帯びる。舌を吸いあげられてしまい、身体がふるりと震えた。身体から余分な力が抜け、ベッドに身体が沈み込む。

「……っはぁ、……感じてきたな」

欲望にたぎる瞳でレナードに見下されるが、正直言ってよくわからない。

「かん、じ、る……？」

ぼんやりとした意識の中で彼の言葉を繰り返すと、レナードは満足気に頷いた。

「そうだ。身体が跳ねてきたのが、その証拠」

嬉しそうに呟いたレナードが、シンシアの首元に唇を落とす。耳の下にちゅうと吸いつき、少しずつ下に場所をずらしてくちづけていった。肌に吸いつく唇のやわらかさは優しさを、肌に触れる舌先からは淫靡《いんび》な熱を灯され、身体が何度も震えた。

「んっ、ん」

レナードの唇が肌に触れるたびに声を必死でこらえるのだが、どうしても漏れてしまう。それが恥ずかしくて手で口を押さえようとするのだが、その直前で、彼の手がシンシアの手に指を絡めてベッドへ押さえつけてしまった。

「声、聞かせて」

静かに顔を上げたレナードの、欲望に濡れた紫の瞳に射抜かれる。言葉を失うシンシアに彼は妖艶に微笑んだ。

「いいこだね、シア」

そして再び、シンシアの肌に唇を這わせる。

「んんっ」

鎖骨まで辿り着いたレナードの唇が、ナイトドレスの胸元にあるレースのリボンに気がついた。それは、ボタンの代わりにいくつかのリボンで胸元を隠しているものだった。レナードはリボンの端を嬉しそうに唇で挟み、引き上げる。解けたリボンの裾が、レナードの唇からはらりと落ちた。

「ああ……、綺麗な色が見えてきた」

すべてのリボンが解かれた胸元は、ナイトドレスがかろうじて少し硬くなっている胸の先端でひっかかっているような状態だ。ナイトドレスを少し押し上げている自分の乳首を見下ろして、恥ずかしさに目を背ける。

「シア、見るよ」

わざとシンシアの羞恥を煽るように断りを入れたレナードが、ゆっくりと乳首にひっかかるナイトドレスの布を唇で挟んだ。心臓が緊張と羞恥を訴えてくる。吐息が乳首にかかると身体が小刻みに揺れ、乳房も一緒になって震えた。それが恥ずかしくてさらに頬が熱くなる。レナードはゆっくりとナイトドレスの布を開くようにシンシアの肌から退けた。

「……ああ、月に照らされて綺麗だ」

恍惚とした表情で胸をさらけ出された身体を見られ、身体が一瞬にして火照る。あまりの恥ずかしさに、とうとうぎゅっと目をつむってしまった。

「こら、目を開けろ」

「レナードがいやらしいから、嫌」

「ばかだな」

上にいるレナードの気配が、動いた気がした。

「――こんな綺麗な身体を見せられて、いやらしくなるなと言うほうが無理だ」

耳元で恥ずかしいことを囁かれて、思わず目を開ける。赤面するシンシアに、耳元から顔を上げたレナードが口元を意地悪く歪めた。

「いいこだから、ちゃんと見てろ」

緊張と羞恥で上下するシンシアの胸を、レナードの手がそっと包み込む。手のひらに、硬くなり始めた乳首が当たって、ほんの少し肩を揺らした。すると、綺麗な指先がシンシアの真っ白な肌に深く入り込む。ふに。たわわな胸がやわらかいお菓子のように形を変え、彼の手の動きによって淫靡に形を変える。ふにふに。彼は、ピアノを弾くような手つきで何度も乳房を揉みこんできた。

「ふ、ぁ……、んっ」

先ほどよりも、もっと甘くなった自分の声に耳を塞ぎたくなる。が、それよりもレナードの大きな手によって弄ばれている自分の乳房を見ているほうが恥ずかしかった。

もう、耐えられない。

「も、もう、……いい？」

瞳を涙で濡らしながら、レナードを見上げて懇願する。しかし、彼は首を縦には振らなかった。それどころか、丹念に揉んでいた乳房はそのままに、もう片方の乳房に顔を近づけていく。

「え、レナード、や、あの」

シンシアの制止など聞くわけもなく、彼は勃ちあがり始めた乳首を口の中に入れた。

「ひゃ、ぁ、あぁっ」

乳首がぬるりとした感触に包まれ、背中が弓なりになる。意識も快感も、すべてが乳首に集まっているようだった。赤ん坊のようにそこへ吸いついたレナードが、口の端を上げてほんの少し乳首から唇を放す。

「……硬くなってきた」

レナードは嬉しそうに硬くなった乳首を舌先で揺らした。それは硬さが増しているせいか、すぐに元の位置に戻ってしまった。卑猥な動きを見せる舌先に弄ばれる己の敏感な部分を見せつけられて、耐えられない。

「あぁ……っ、やぁ」

ちゅっちゅっちゅっちゅ、と乳首を断続的に吸われて身体が跳ねる。甘い痺れが乳首から身体全体へと巡っていくのがわかった。

「あぁ、あ、……んぅ……っ」

両方の乳首を、舌先と指先で嬲《なぶ》られ、どうにかなってしまいそうだ。いやいやと首を振って快感から逃げようとするのだが、レナードが身体を押さえつけているせいで、どうやってこの快感に耐えればいいのかわからない。ぎゅうっと手元にあった何かを握りしめることしかできなかった。

「ん……、いやらしいな」

レナードは上半身を起こして、シンシアを見下ろした。好きなだけ乳首をしゃぶったせいか、てらてらと乳首が光っている。あのときとは全然違う彼の甘い手つきに、意識は蕩

けたままだ。レナードから与えられるいやらしい愛撫に、荒くなった呼吸を整える。押さえつけられていた手は、いつの間にかなくなっていた。

「レナー……ド」

「そんな声で呼ぶな。……理性が焼き切れてしまいそうになる」

苦笑を浮かべたレナードが、シンシアの右隣に横たわる。

「シア」

甘く、呼ばれた名前に応えるようにレナードを見上げた。自然にたまった涙が、顔を少し傾けたことによって眦から流れ落ちる。彼の顔が、ゆっくりと下りてきた。瞼を閉じて彼の唇を受け入れると甘い吐息が交じり合う。

「んぅ……、ん」

舌を絡ませてくるレナードに合わせて、シンシアも自然と舌を動かしていた。おずおずと舌先でレナードの舌に触れるとちろちろと舐めてくれる。そして彼の手は、静かにシンシアの肌をなぞっていた。鎖骨から、乳房。勃ちあがっている乳首を指先で弾いたり、つまんだりを繰り返し、腰が跳ねるシンシアの反応を楽しんだあと、みぞおちから腹部へ。流れるような自然な動きで肌の上を撫でていく。

「シア、舌出して」

唇を離したレナードの囁きに、素直に舌を差し出す。嬉しそうに微笑んだ彼の笑顔に、心がきゅっと締め付けられた。さっきから、彼の声やその仕草に、何度も心臓が締め付けられる。しかし、それはすぐに絡んできた舌先から生じる快感に、取って代わられた。

「……ん、んむ、んんっ」

ちゅくちゅくと互いに舌を吸い合っている間に、レナードの手がナイトドレスの裾を上げ、曝け出されたシンシアの太ももを撫であげ——秘部へ。

「っ⁉」

びくりと跳ねたシンシアを優しく労るように、レナードはくちづけをしながら頭を撫でてくれた。それでも最初の痛みを思い出し、無意識のうちに小刻みに震えてしまう。レナードは唇を離して顔中にくちづけていく。

「大丈夫。……大丈夫だから」

シンシアの恐怖を優しく包み込むようなくちづけに、少しずつではあったが余分な力が抜けていった。それを察したのか、レナードの指先がそっと割れ目を撫でる。

「ひゃっ」

ぬるりとした感触に、思わず声があがった。

「あぁ……、もう、こんなにしていたのか」

上下にこすられると、さらに奥から溢れてくるのがわかる。レナードの指先が隠れていた花芽を探りだし、そこを小刻みにこすった。

「や、ぁあああっ、ん、んっ」

言葉にならない刺激で、はしたない声があがる。思わず彼の腕にしがみついてしまった。

「んんっ、レナード、そこ、なんか……、変……っ」

びくびくと身体を揺らしながら、レナードを見上げるが、唇を塞がれてそれ以上のことは言えない。彼の指先が花芽を存分に擦ったあと、どっと溢れてきた蜜に逆らうようにして、彼の指が蜜壺にゆっくりと入ってくる。

「ん、んーっ、んんっ!!」

ナカを押し広げて入ってくる感覚に最初は恐怖を感じていたものの、指先が入ってくる摩擦によって、敏感になっている内部に快感が生まれる。指が根元まで入ったときには、痛みや恐怖といった感情は快楽に変わっていた。

「レ、レナード……、何か、入って……」

「俺の指が、シアのナカに入ってる」

いつもシンシアの頬や頭を優しげに撫でる、あの綺麗な指が自分のナカに入っている。それを想像して、思わずレナードの胸元に顔を埋めてしまった。

「どうした……？　きゅって絡みついてきたけど」

レナードの言葉で、さらに顔を上げることができなくなった。ただふるふると首を横に振ってレナードの胸元に顔を押しつけた。

「かわいいな」

また、そんな声を出すものだから心臓がきゅっと締め付けられる。

「……そういうところ、昔から変わってない」

レナードがくすっと笑った直後、ナカに入っていた指が動き出す。

「んっ、ん」

ぐちゅぐちゅと淫猥な水音を室内に響かせながら、レナードは指淫《しいん》を続けた。

「シアの蜜が溢れてきて、俺の指が溶けてしまいそうだ」

囁くレナードのいやらしい言葉にいやいやと首を振る。しかし、彼は指を動かすことをやめない。シンシアのこめかみにくちづけて、耳元で何度も名前を呼んだ。

「シア……、ああ、シア。すごく溢れてくる」

「やぁ、ちが……ッ、あぁ……!!」

「やっとかわいい声が聞けた」

嬉しそうに微笑んだレナードが、胸元から顔を上げたシンシアの唇を塞ぐ。

「んんぅ……っ！」

ぐちゅぐちゅとナカをかき回されて、その摩擦から快感が生まれ、甘いくちづけがその快感を膨れ上がらせた。何かが後ろからシンシアを追いかけてくる。ナカからは、シンシアの意思とは逆にどんどん蜜が溢れてきた。ぐちゃぐちゃとかき回されて水音が大きくなっていく。

「あ、あぁっ、レナード……、やぁ、なんか、……んんっ」

「我慢しなくていい」

レナードは受け入れろと言うが、シンシアは何を受け入れたらいいのかわからない。ただ、迫ってくる〝何か〟に耐えるだけ。泣き濡れた瞳で見上げた彼は、いつもより〝男〟に見える。もしかして、興奮しているのだろうか。そう思うだけで、シンシアの心になんとも言えない嬉しさが広がった。

「シア、腰が動いてる」

耳に吹き込まれるいやらしい言葉に、さらに腰が跳ねる。

「やぁ……っ」

理性が快感の海で溺れ始める。もう、シンシアを引き止めるものは何もない。

「締まってきたな……。いいよ、シア」

「んんっ、レナード、レナード……っ」

「――達《イ》け」

甘い声で囁かれる、でもその意味はわからない。考えられない。だったら、わからないものはわからないままでいい。溺れた理性が沈んでいく。レナードは指淫を激しくし、シンシアは彼のシャツを掴む手を強くした。

「やぁっ……、こわ、い……っ、あぁ……ッ」

「ちゃんと俺がそばにいる。大丈夫だから、おかしくなっていい」

まるで、どんなシンシアでも受け止めるとでも言うように、優しい声が落ちる。シンシアが受け入れられない自分を受け止めると言う彼を信じた瞬間――、視界が白く弾けた。

「――ッ!!」

身体が大きく跳ねて、言葉にならない声があがる。彼にどこにも行ってほしくなくて、ぎゅうっとシャツを力いっぱい掴んだまま、シンシアは何度も身体を跳ねさせた。レナードに離れてほしくなかった。それが相手に伝わっていたのか、レナードはシンシアが落ち着くまで、優しく彼女の顔にくちづけてくれていた。そして弛緩《しかん》したシンシアの身体からゆっくりと指を引き抜くと、蜜が絡みついたその指を舐めて見せる。

月明かりに照らされたレナードの青銀の髪がきらきらと輝き、彼は妖艶に微笑んだ。

「お礼はちゃんと受け取ったよ。ありがとう、シア」

そう言って、レナードはシンシアの乱れた衣服を直し始める。しかし、シンシアは働かない頭でまだ終われないことを知っていた。――彼が、まだ、だと。

「終わり……なの？」

「ああ」

「でも、まだレナードが……」

「俺はいい」

でも、とさらに言い募ろうとしていたシンシアの唇に指先を押し当て、彼は微笑んだ。

「シアが気持ちよかったら、俺はそれでいいんだ」

そうは言っても、男性はそういうわけにはいかないはずだ。そう、ロッティから教えてもらった。このままではだめだと首を横に振ろうとするのだが、頭が重い。もう、シンシアの身体は限界を迎えているようだった。

「憎まれてもしょうがないことをしたんだ。……今は、シアが俺に笑いかけてくれて、こうして触れるのを許してくれるだけで充分だよ」

朦朧とする意識の中で、レナードの優しい声と頬を撫でる手が、シンシアを眠りへと誘おうとしている。どうして――。

「どうして……、そんなに優しいの……？」

落ちゆく意識の中でやっと言えた言葉に、彼の淋しげな声がした。

「シアが好きって言ったら、教えてあげる」

そのときの表情を見ることなく、シンシアは優しいぬくもりの中で、深く眠りに落ちていった。

――君が〝欲しい〟って言ったら、いつでも俺をあげる。

最後に、耳に吹き込まれた声が、夢か現実かさえ、わからない。

第四章　来訪

目が覚めると、眠る前に感じていた優しいぬくもりがないことに気がつく。身体を起こしてあたりを見回しても、寝室にはシンシアしかいなかった。

「……」

寝室に注がれる朝陽は昨日と変わらずとてもあたたかいのに、なぜか肌寒く感じた。綺麗に整えられたナイトドレスを見下ろし、昨夜のことが甘い夢だったような気がして、自然と自分の身体を抱きしめる。

「……レナード」

唇から自然にこぼれた名前は、甘く、シンシアの心を震わせた。

それからシンシアは、起こしにきてくれたロッティに身支度を手伝ってもらい、朝食兼昼食をすませた。シンシアにあてがわれた私室にロッティとともに戻ってきたのは、お昼を過ぎて少し経ったころだ。今日は天気もいいから、と食後のティータイムを窓際ですることにした。本当ならばバルコニーに出て紅茶を楽しみたかったのだが、さすがに陽射しが強いからとロッティに止められてしまったのだ。

「いい風」

開け放たれた窓から風が吹き抜ける。それは、頬を撫で、髪を揺らし、穏やかな時間を運んできてくれた。が、次の瞬間、気まぐれな風らしい悪戯《いたずら》が、ロッティを襲う。

「……ッ!?」

少し強く吹き込んだ風が、控えていたロッティのスカートの裾をほんの少し巻き上げた。風の自由な振る舞いに、ロッティは顔を真っ赤にして俯かせてしまう。足首を見せてしまうというのは、淑女としてあまり褒められたことではなかった。

「だ、大丈夫よ、ロッティ。ほんのちょっと見えただけだから」

昨日、太ももまで大胆に見せてしまったことを思い出しながら、シンシアはロッティを励ました。さすがに自分の淑女としての失態は話せないが、大丈夫だと言うことはできる。それでも恥ずかしくて顔を上げようとしないロッティに、シンシアはドアを見やった。

「ねぇ、アルフレッドさま？」

レナードに言い付けられたのか、アルフレッドは気づくとシンシアのそばにいた。付かず離れず、ちょうどいい距離を保ってそばにいてくれる彼は、食事から戻ってきたあとも、ティーテーブルを窓のそばまで動かしてくれたのだった。風のように現れ、風のように自然とそこにいる。今も、彼はドアのそばで立っていた。

急にシンシアから話を振られたにもかかわらず、彼は戸惑うことなく微笑みを浮かべる。

「ええ、残念ながら」

「……残念？」

「ひとりの男としての意見を申し上げるならば、残念なほど見えなかったです。風は、もう少し私の気持ちを汲んでくれてもよかったと思いました」

正直なアルフレッドの返答に、顔を勢いよく上げたロッティと思わず顔を見合わせてしまった。お互いに目をぱちぱちと瞬かせてから、ふふ、と同時に笑みがこぼれる。

「おや、正直に話しすぎましたかね」

「あ、い、いえ……、もし気を悪くさせてしまったらごめんなさい。えっと、あまりにもおもしろい返答だったものだから、その、おかしくて……！　ねぇ、ロッティ？」

あまり大きな声で笑えなかったが、堪えた分だけ目に涙が浮かぶ。目尻の涙を拭ってロッティを見上げると、彼女もまた目尻の涙を指先で拭っていた。彼女は「はい」とシンシアに返事をしてから、アルフレッドに向き直る。

「お気遣い……、と言うべきかどうかわかりませんが、正直な感想をありがとうございます。オルグレンさま」

「とんでもない。欲を言うのなら、もう少しあなたの肌を見ていたかった……、というのが本音です。それから、私のことはアルフレッドとお呼びください」

穏やかに微笑むアルフレッドからの発言に、なぜか聞いているシンシアも頬が熱くなるのを感じた。ちらりと見上げたロッティは、当然のことながら耳まで真っ赤になっている。若干、固まっているように見えたシンシアは、惚けているロッティを小声で呼んだ。我に返った彼女は、逡巡してから慌てて口を開く。

「え、あ、……で、では……アルフレッドさま、と……」

「素敵な女性に名前で呼ばれるというのは、男の誉《ほま》れです。栄誉をありがとう、ロッティ」

あたたかな風が吹き込み、アルフレッドの金髪を揺らす。穏やかな微笑みに、風による爽やかな演出がなされ、見ているシンシアもどきどきしてしまった。微笑みと賛辞を向けられたロッティは、ぎこちなく彼に微笑むとシンシアに助けを求めるように向き直る。

——その顔を、真っ赤に染めて。

「シンシアさま……、お、おおおおお茶のおかわりは……!?」

動揺が声に表れて、名前を呼ぶ声が裏返った。それがまた彼女の羞恥を煽ったのか、ロッティはさらに顔を赤くさせて涙をにじませる。こんなロッティを見るのは初めてだ。こみあがる楽しい気持ちにこらえきれず、シンシアは口元に手を当てて笑ってしまった。ロッティに悪いと思いながら。

「シ、シンシアさまぁ」

情けない声でシンシアを呼ぶロッティに、腹を抱えて笑う。特別彼女がおかしいというわけではない。けれど、なぜだろう。楽しくて楽しくて仕方がなかった。こんなに、幸せで幸せで幸せで、笑い出してしまいたくなるぐらいの幸せを感じたことがなかった。

「……っふふ。ご、ごめんなさい、ロッティ……」

ひとしきり笑ったシンシアが、目尻にたまった涙を拭う。ロッティは最初こそ顔を赤くしていたものの、シンシアが楽しげに笑う姿にやがて穏やかに微笑んだ。

「構いませんよ。私はシンシアさまの珍しく笑う姿が見られて、大変幸せですから」

「……珍しく？　あら、私ってそんなに笑っていなかったかしら？」

王族らしくあるべきだと母に教えられてから、シンシアは城内を歩くときでさえ、微笑みを絶やさなかった。塔に自分から入ったときも、ロッティにつまらない思いをさせてはいけないから、と笑顔を絶やさないでいたはずだ。シンシアが疑問をぶつけると、ロッテイは空のカップに琥珀色の紅茶を注ぎながら淋しげにつぶやく。

「いいえ。笑っていらっしゃいましたよ。でも……、心から笑っているのを拝見するのは、前王妃さま、シンシアさまのお母さまが亡くなられてから初めてかもしれません」

「……」

「だから、こうしてシンシアさまのおそばで、シンシアさまの笑顔をまた見ることができて、幸せなのです」

思えば、彼女とは侍女になる前からの付き合いだった。ロッティの生家であるシャード家は、代々宰相を務めており、王家とは旧知の仲だ。ロッティ自身も小さなころからシンシアの面倒を見てくれ、早くに侍女として仕えてくれるようになった。シンシアにとって、彼女は姉のような存在だ。ずっと自分を見て、支えてくれた彼女からの言葉に、胸が熱くなる。

「私は幸せ者ね」

「いいえ。もっともっと幸せになるための、今なんですよ」

力強いロッティの声に、シンシアもまた応えるように小さく頷く。ふいに、この国に来てからずっと考えていた疑問が浮かび上がる。

「ねぇ、ロッティ?」

「はい」

「自由っていうのは、こういうことを言うのかしら」

つかみ所のない言葉だけがシンシアの中にあって、それがどういうことなのか、あやふやだった。それが、今、なんとなく摑みかけたような気がして、続けてロッティに問う。

「レナードは、考えろって言ったわ。自由とは、そういうものだ、と。ねぇ、ロッティはどう思う?」

侍女でありながら、シンシアにすべてを教えてくれたロッティならば、知っているかもしれない。その期待をこめてロッティを見上げる。彼女は「んー」と考えこんでから、苦笑を浮かべた。

「難しい質問ですね。これぱっかりは、お答えできないかもしれません」

「どういうこと？」

首をかしげるシンシアに、ロッティはにっこり微笑む。

「正解が、ないからです」

「……答えが？」

「はい。人によって自由というのは様々です。私にとって自由でも、シンシアさまにとっては自由ではないかもしれません。その逆も然《しか》り。つまり、答えは自分の中にあるのです。それを、レナードさまは探せとおっしゃっているんじゃないでしょうか。……今のシンシアさまは、それができる環境にいるのですから」

ロッティの言葉をゆっくりゆっくり自分の中で噛み締める。その中から見えてくる意味を探りだして、まだあやふやな自由という言葉にくっつけてみた。それでもやっぱりまだまだ形は見えそうにない。これぱっかりは、ロッティの言うとおり、自分で探して見つけるしかないようだ。

「困ったわ。これでは、私が何をすればいいのか、わからないままだわ……」

「ではシンシアさま。今、シンシアさまがしたいことはなんでしょう？」

嬉しそうに言うロッティの声を聞いて、しばし考える。したいこと。したいこと。したいこと。何度も心の中でつぶやいていると、ふとティーカップが目についた。ひとつしかないティーカップが、なんだか淋しそうに見える。

――ここに、いくつもティーカップがあったら淋しくないかもしれない。

そう思ったシンシアに、塔でたまにロッティと一緒にティータイムをしていた楽しい記憶が蘇る。ふたつ並んだカップがもっと増えたら、きっと楽しいことが増えるはずだ。

「お茶が飲みたいわ！」

嬉しそうにロッティを見上げたシンシアは、驚く彼女にさらに続けた。

「ロッティと、アルフレッドさまと一緒に」

「それが、シンシアさまの答えですね」

いつものように穏やかな表情に戻ったロッティに、不安を覚える。彼女は、シンシアの答えをまず尊重する。表情を変えずにシンシアがどうしてそう思ったのかを聞き、それからやんわりと間違いを指摘するのだ。

「……間違って……、いる、かしら？」

「先ほども言いましたが、正解はありませんよ、シンシアさま。それに」

「それに？」

まだ不安な表情を浮かべるシンシアに、にっこり笑う。

「間違っていたら、怒られればいいのです」

自慢気に言うロッティに、笑ってしまった。その言葉の裏に、母を見た気がして。

『自分を信じて踏み出した一歩は、決して自分を裏切らないわ。――まぁでも、もしそれが間違っていたら、素直に怒られなさい。そうして人は成長していくものよ』

けらけらと笑う思い出の中の母が、シンシアの背中を今でも押してくれた。

「わかったわ。では、間違っていたときは、遠慮なくロッティが怒ってちょうだい」

すっと背筋を伸ばして毅然と微笑むシンシアに、ロッティは微笑みを浮かべた。

「まずは、アルフレッドさまをお茶に誘うことから始めましょう」

「失礼ながら」

「!?」

「名前を呼ばれましたので、誘われる前に控えておりました」

向かい合っていたロッティと一緒に声のするほうに視線をずらすと、テーブルのすぐそばでアルフレッドがにこやかに立っていた。いつからそこにいたのかわからないが、呼ぶ手間は省ける。シンシアは口元で小さく笑ったあと、改めて誘いの言葉を口にした。

「アルフレッドさまとお茶をしたいのだけれど、ご一緒していただけますか？」

「我が主の代わりは務まりませんが、私でよければ喜んで」

アルフレッドの爽やかな笑顔に、シンシアは顔を綻ばせる。男性に慣れていないロッティは頬を赤らめながら、ティーカップを追加してくれた。シンシアの意向で、三人揃ってテーブルを囲むようにしてティータイムを続けることになった。好きな食べ物や料理の話から始まると、シンシアが思い出したように庭園に仔猫がいたことを興奮気味に話した。フロスト王国では外に出ることもままならなかったため、動物と触れ合う機会がなかった。できることなら触りたかったと残念そうに語るシンシアに、別のところから声がさし挟まれる。

「――ミィはうちの庭に住みついているから、いつでも会えるよ」

お互いに顔を見合わせたまま、時間が止まったように動けない。そんな三人のことなど気にしないとでも言うように、声の主がアルフレッドの背後から手を伸ばしてひょいとビスケットをつまみ上げる。その手を目で追うと、そこに声の主がいた。

「あれはレナードによく懐いているから、次はレナードのそばにいるといい。自然と寄ってくるからね」

ビスケットを頬張り、ぺろりと指先を舌で舐めたのは――。

「ル、ルイスさま……!?」

勢いよくイスから立ち上がって脇に控えたアルフレッドの表情は青い。それをおもしろがるようにして、ルイスは空いたイスへと腰をかけた。

「アル、ありがとう。それからシンシア、ごきげんよう」

何事もなかったかのように挨拶をするルイスに、シンシアも会釈を返す。その間、ロッティは新しいティーカップに紅茶を注いでいた。

「ごきげんよう、ルイスおにーさま。……それにしても、人が悪いですよ。急に現れるなんて」

「あはは。一昨日の晩も、実はシンシアを驚かせようとしたんだけれど、レナードが先に気づいたからね。さすがにアルはそこのお嬢さんのことが気になって、僕の気配に気づけなかったようだけれど？」

「……申し訳ございません」

「レディたちとお茶をするなら僕にも一言言ってほしいなぁ。僕だって、久しぶりに会ったシンシアと話すのを楽しみにしていたのに……、あ、ありがとう。……確か、君がロッティ……だったね。シャード家のご息女の」

ルイスは、手前に出されたティーカップに手を添えて、ロッティを見上げた。少し驚いたように目を瞠った彼女は、その場で恭しく挨拶《カーテシー》をする。

「ロッティ・シャードと申します。シンシアさま付きの侍女でございます」

「僕が言うようなことではないけれど……、これからも、変わらずシンシアのことよろしく頼みますね。僕にとっても大事な妹のような存在ですから」

そう言って、ルイスはやわらかい微笑みを浮かべて、シンシアの頭をそっと撫でた。レナードよりも少しだけ小さいその手から、優しさが伝わってくる。

「……おにーさま」

「レナードは、優しい？　泣かされてない？」

心配に瞳を曇らせたルイスに、シンシアは首を横に振った。しかし、頭を撫でていたルイスの手が、おもむろにシンシアの目元をなぞる。

「じゃあ、どうして目が腫れているのかな……？」

苦笑を浮かべるルイスに、シンシアは目を瞠った。昨夜、レナードにいやらしいことをされた際、泣いていたことを思い出す。すると、正直にもすぐに頬が熱くなった。

「………おや。そういう涙ではなさそうだ」

シンシアの態度で何か察しただろうルイスが、口元を綻ばせて手を引っ込める。ふふふ、と笑ってから、彼はティーカップに口をつけた。

「あ、あの、ルイスおにーさま……？」

「いいよいいよ。レナードと仲良くしてくれる分には、なんの問題もないから」

「な、仲良くっていうのは……！」

「ああ、そうそう。もし、レナードにひどいことをされたら遠慮なく僕に言うんだよ。僕が、それ相応のことをレナードにしてあげるからね」

そう言って無邪気に笑うルイスの目は笑っていなかった。控えていたアルフレッドの表情が、どこか青ざめているように見えるのは気のせいだろうか。

「わかった?」

まるで子どものように再び頭に手を置かれ、顔を覗きこまれた。いつもの穏やかなルイスに微笑みを返すと、シンシアは小さく頷く。

「……ありがとう。ルイスおにーさま」

「いいんだよ。僕は、昔からシンシアに甘えられるのが好きなだけだから」

ゆっくりと頭を撫でるルイスの手は、レナードのようにどきどきはしないけれども、とても安心する。父に撫でられているときと、似たような気持ちになった。

「それじゃあ、僕はそろそろ行こうかな」

ぬるくなった紅茶を飲み干したルイスがイスから立ち上がる。もう行ってしまうのかと見上げるシンシアに、ルイスは口前で人差し指を立てて見せた。

「実は、レナードに仕事を押しつけて黙って出てきたんだ。そろそろ、僕がいなくなったのがバレてるだろうから、レナードにはここにいたこと内緒にしてね」

いたずらをする子どものような顔で微笑むルイスに、シンシアもくすくすと笑いながら、口前で人差し指を立てた。

「もちろんです」

「そういうわけだから、アルもわかってるよね？」

黙ってその場にいたアルフレッドが、首を縦に振る。当然、ロッティもだ。この部屋にいる全員の言質《げんち》をとってから、ルイスは爽やかな微笑みを残して出て行った。あっという間の出来事のように感じる。緊張をため息とともに吐き出したアルフレッドは、先ほどまでルイスが座っていた席に腰を下ろし、ロッティはルイスのティーカップを片付けて、新しい紅茶をアルフレッドのカップに注いでいた。少しずつ元の時間に戻っていくのを眺めながら、シンシアは自分のカップに手を添える。

「ねぇ、アルフレッドさま？」

ロッティが差し出したティーカップに手を添えたアルフレッドが、応えるようにシンシアに視線を移す。

「はい」

「ルイスおにーさまは、レナードと仲良くする分には問題ないとおっしゃったけれど、仲良くする必要ってあるのかしら……？」

シンシアがふとした疑問を口にしたことから、その場の空気が固まった。

「…………はい？」

たっぷり間をとって返事をしたアルフレッドに、シンシアはレナードとした昨夜の最後のやりとりを思い出しながら、続ける。

「私……、昨夜レナードに、どうしてそんなに優しいのか訊いたの。そうしたら、レナードは〝好きって言ったら教えてあげる〟って言ったわ。でも私、好きって言葉は大切だから、そう簡単に言ってはいけないと思うの。それにレナードだって、私なんかが言うよりも、好きな人に好きって言われたいだろうし……、私も彼に嘘は言えないわ」

「ちょ、ちょっと待ってもらえますか⁉」

動揺した様子のロッティが、慌ててシンシアの話を止める。そこで、自然と落ちていた視線を上げると、二人の表情が見えた。ロッティは戸惑いを浮かべ、その隣にいるアルフレッドは、面食らった顔をして固まっている。二人の反応を不思議に思うシンシアの前で、彼らは同じタイミングで手元のティーカップをあおるように飲み干した。

「どういうことなの……。何かが間違ってる、食い違っているわ……！」

「というか、殿下！　殿下一体なにやってるんですか……!!」

二人とも頭を抱えて「自分の教育方針が間違っていたのか」と自問自答を繰り返す。その様子を眺めながら、シンシアはティーカップをそっと口に運んだ。

「お見苦しいところをお見せして、申し訳ございません。ちょっと混乱して……」

先に口を開いたのは、ロッティだ。シンシアはティーカップを静かにソーサーに戻す。

「構わないわ。私がおかしなことを言っているのなら、遠慮なく言って？」

「……その、シンシアさまは……レナードさまのことが好きじゃないのに結婚なさるのですか？」

恐る恐るといった様子で訊いてくるロッティを見て、シンシアは逆に不思議に思った。

「政略結婚に、感情は必要なの？」

シンシアは、生まれたときから王女としてのなんたるかを教育されてきた。その際、よけいな感情は教えてもらわなかった。それこそ、愛や恋に関することは必要ないと教えられてきたのだ。政略結婚をする可能性を考慮した、国王の優しさによって。

それは父の愛でもあったのだが、同時にシンシアから「異性を好きになる気持ち」を奪った。シンシアは自分が結婚の道具に使われることを教えられていたからこそ、すんなりとレナードとの婚姻を了承したのだった。

「だって、この結婚は〝慣例〟であって、そこに〝感情〟はないはずよ。それなのに、ルイスおにーさまは仲良くと言うし、レナードだって……、私に〝好き〟って言葉を求めたわ。これは政略結婚だとわかっているはずなのに……」

そうだ、これは政略結婚なのだ。気持ちなど、あるはずがない。――そうは思うのだが、なぜだろう。胸が痛い。ちくちくと柔肌を針で刺すような痛みが胸に広がる。この痛みは何。どうして、痛むの。

そっと胸に手を当てたシンシアに、アルフレッドが声をかけた。

「いいえ、シンシアさま。違います」

「……アルフレッドさま……？」

「少なくとも、殿下は違うお気持ちでいらっしゃいます」

違う気持ち、というのは少なからず〝感情〟があるということなのだろうか。

不思議に思うシンシアに、アルフレッドは一度口をつぐんで逡巡してから、その青い瞳を向けた。

「これは……、殿下の忙しさにも関わることなのですが、シンシアさまはどうかご自分を責めないでお聞きください」

アルフレッドの真剣な表情に、シンシアもまた真剣な眼差しを返す。

「え？」

「実は、いつも用意周到に物事を進める殿下にしては珍しく、……その、先走りまして」

「一国の王女とその侍女を連れてくるのにも、国同士でいろいろな手続きはあります。けれど、その手続きをすべて後回しにして連れてこられたんです。ご自分が大変になることなど百も承知で。……それで、今、殿下ご自身はその後始末に追われ、ルイスさまを巻き込んでのちょっとした騒動になっているのです」

「それはつまり……、私のせいということよね？」

レナードが眠れないのも、忙しいのも。

「ですから、シンシアさまに、ご自分を責めないでお聞きください、と言ったのです。これは、レナードさまがシンシアさまのためにと思ってやったことなんですから。あなたさまに非はございません」

とはいえ、シンシアのせいでレナードが今忙しさに追われていることは事実だ。申し訳ない気持ちになるとともに、疑問が浮かび上がった。

「……レナードは、どうしてただの幼なじみにそこまで……？」

ぽつりとこぼしたシンシアの疑問に、アルフレッドが苦笑する。

「では、どうしてついでにもうひとつ。あの方は、今まで自分から何かを欲しいと言ったことがありません。それを、今回初めて口にしたのです」

彼のあまりにも真剣な瞳に、射抜かれた。

「あなたのことですよ、シンシアさま」

その表情や声に偽りはない。それほど真剣に、アルフレッドはシンシアを見ていた。うまく意味が呑み込めないでいるシンシアの耳に、今度はノックの音が入る。すぐにアルフレッドはその場に立ち上がった。

「失礼。私はそろそろ戻ります。楽しいティータイムをありがとうございました」

部屋を出て行くアルフレッドの足音が遠ざかっていき、やがて静かにドアの閉まる音が聞こえた。

「……シンシアさま」

気遣わしげなロッティの声に、シンシアは縋るように彼女を見る。

「ロッティ……」

「いいですか、シンシアさま。私はレナードさまではありませんので、本当のお気持ちはわかりません。ただ、これだけは言えます。レナードさまのお気持ちを聞くことができるのは、シンシアさまだけなのです。そして、これは私のわがままなのですが……、この結婚に感情が伴うことを願っております」

「でも私、好きってどういう気持ちなのか……！」

「大丈夫です。そのときがきたら、わかるものですから」

ロッティは立ち上がってシンシアのそばまで行くと、戸惑う彼女の頭をそっと抱きしめた。ひだまりの中にいるようなあたたかさに包まれる。

「どうか、そのときには、素直にレナードさまに好きとおっしゃってくださいね」

優しい、優しいロッティの声が抱きしめられたところから、身体に広がっていくようだった。そこに母のぬくもりが重なり、ロッティの背中に腕を回そうとした瞬間、ノックの音で我に返る。静かにロッティがシンシアから離れると、アルフレッドが入ってきた。

「シンシアさまに、来客です」

「……来客？」

言われても思い浮かぶ顔はない。何かの間違いではないかと伝えようとしたが、アルフレッドの口から出てきた名前を聞いて、思わず口を覆う。

「シャーリィ・フロスト第二王女さまが、これから会いにこられるそうです」

シンシアは、その場に縫い付けられたように動けなくなった。

――何か、嫌な予感がする。

いつもシャーリィが会いにくるときは、いいことがない。そして、決まって王妃の機嫌がいいのだ。腹違いではあるが、血の繋がった妹。その妹を疑うつもりはないのだが、どうしても王妃の影を感じてしまう。何事もなければいいのだが、と胸騒ぎを感じながらも杞憂《きゆう》であることを祈った。そんなシンシアに、ロッティが寄り添う。大丈夫、私がついています。そう伝えるように、ロッティの手は優しく背中を撫でてくれた。シャーリィがやってくるまでの間、ずっと。

「――お姉さま、ご無沙汰しております」

やってきたシャーリィが愛らしい微笑みを浮かべて、ドレスの裾を広げる。ふわふわのチョコレートブラウンの髪が揺れ、少し吊り上がり気味の目を開けた。それは義母譲りの綺麗な琥珀色をしている。

「といっても、二日しか経っておりませんけれど」

にっこり微笑む妹の話に、時間の流れを感じた。まだ二日しか経っていない事実に、驚きを覚える。自分の時間の感覚では、もっと経っているように思えたからだ。

「遠いところ、会いにきてくれて嬉しいわ。慣れない馬車に乗って疲れたでしょう？　身体は大丈夫？」

「はい！　あの程度の距離で疲れるほど、私の身体は貧弱ではありませんから」

「そう。では、お茶でも飲みながら、シャーリィの話を聞かせてくれる？」

「ご一緒してもいいんですか……!?」

「ええ。シャーリィの好きなペイストリーやマフィンもあるのよ」

シンシアは、シャーリィとともに窓際ではなく、ソファへ向かう。そこには、すでにロッティがお茶の準備を終えた状態で待っていた。お茶の準備を何度もさせてロッティに申し訳ないと思いながらも、シンシアはシャーリィとともにソファへ座った。それを確認したロッティが、ワゴンの上にあるお菓子を皿にとり始めた直後――。

「ねぇ、ロッティ。私、アップルパイが食べたいわ」

シャーリィの声が、彼女の手を止めさせた。

シンシアの記憶によれば、アップルパイはワゴンの上になかったはずだ。それに、シャーリィの座っている位置からワゴンは見えている。それなのに、あえてないものを口にしたシャーリィに、シンシアは心の中でため息をついた。

――ああ、またシャーリィの悪い癖が始まった。

彼女が、こういうわがままを言うときは、シンシアだけに話があるときだ。それも、義母から頼まれたことを言うときだと限られている。それならそうと人払いをすればいいだけの話なのだが、彼女はそれをせず、決まってロッティに嫌がらせのように無理な要求をした。そして最終的には新しく持ってこさせたものに手をつけずに部屋から出て行ってしまうのだ。容易に想像できるシャーリィの行動に頭を悩ませつつロッティを見ると、彼女も慣れているのか会釈を残して部屋から出て行った。

いつもならここでシャーリィをやんわりと窘めるのだが、ここはシンシアのいた塔とは違い、レナードも簡単に入ってこられる。もし、シャーリィから変なお願いをされているところを見られでもしたら、心配するかもしれない。ただでさえ自分のせいで忙しくしているレナードをこれ以上煩わせたくなくて、シンシアはさっさと本題に入った。

「それで、今日はどんなお願いをしにきたの？」

そして、今までのことを思い出しながら、ティーカップを持ち上げた。

――私でよければ、お姉さまの代わりに夜会に出ましょうか？　あ、でもそうなるとお父さまの許可が必要に……、まぁ、とってくださるの？　さすが優しいお姉さまだわ！

――私、自分の部屋が欲しいわ。……お姉さまの使ってる部屋なんてとても素敵ね。

――その髪飾り、とっても素敵なのにお姉さまの髪だと映えないのね。くすんだ髪につけられて、髪飾りがかわいそう……。あ、そうだ。私の髪なら似合うんじゃないかしら。

今までの〝お願い〟が、頭の中を巡っていく。どこか心に昏《くら》い影が落ちようとした瞬間、紅茶の水面で揺れる薔薇の花弁が目に入った。それはシンシアの大好きな薔薇の花びらの砂糖漬け。ゆらゆら揺れるそれを見下ろし、それとなくシンシアの大好物を添えて、勇気づけようとしてくれるロッティの気遣いに口元が綻ぶ。

「お姉さま、それではまるで、私がお願いをしたいからロッティを追い出したような口ぶりではございません？」

実際にそうなのだからしょうがない。しかし、それをはっきり言ってシャーリィの機嫌を損ねるのは面倒だ。早く妹の用件を聞いてしまいたいシンシアは、苦笑を浮かべて一言謝りを入れてからカップに口をつけた。

「それに今までのお願いは、お姉さまが私のためにと自ら差し出してくださったものばかりです。妹のためにと、なんでも私にくださるお姉さまは本当に素晴らしい方だわ」

本当にそう思っているのかどうか知らないが、いつものように大仰にシンシアを褒めたシャーリィが、そっとソファから立ち上がった。そして、琥珀色の水面でゆらゆら揺れる薔薇の砂糖漬けを眺めるシンシアの前でしゃがみこんだ。

「ですから、今回もシャーリィのためにくださるわよね？」

そう言って下から顔を覗きこんでくるシャーリィは、まるで魔女のように薔薇色の唇を綻ばせて言った。

「——レナードさまを」

十二歳とは思えない、低く艶やかな〝女〟の声に自分の耳を疑う。

「……今、なんて？」

驚きに目を瞠るシンシアが、琥珀色の瞳を覗きこむ。彼女はその場で立ち上がり、妖精がこれから悪戯を仕掛けるような笑顔を浮かべて唇を開いた。

「私、レナードさまが欲しいの」

呆然とするシンシアの隣にどすんと腰を下ろし、シャーリィは両手を胸の前で合わせてうっとりと虚空を見つめる。

「私、お姉さまを儀式から連れだしたレナードさまのお姿が忘れられないの。あれからレナードさまのことを考えると、ここが苦しくなって夜も眠れなくて……、こんな気持ちになったの初めてで……。それで、あまりにも苦しいことをお母さまに言ったら、ランドルフ王国の慣例を教えてくださったの」

「……それって」

「ええ。ランドルフ王国は、フロスト王国から王女を娶ることになってるんですってね。

それを聞いて私お母さまに言ったの、レナードさまとなら政略結婚でもなんでもするわ！って。そうしたらすぐに馬車に乗せてくれたわ」

そう言って、興奮を声ににじませるシャーリィが、横から顔を覗きこんでくる。

「だから、ね？　レナードさまを私にちょうだい？」

甘えるような琥珀色の瞳が、艶を帯びた。急に〝女〟の顔を見せる妹に恐ろしさを感じ、逃げるように視線を逸らして立ち上がった。くらり、と一瞬めまいを感じたが、それどころではないとティーカップを手に紅茶を淹れるふりをしてワゴンへ向かう。

「……そうは言ってもね、シャーリィ。いくらなんでも急には……」

ワゴンにティーカップをソーサーごと置く手が震える。音を出さなかっただけ、自分を褒めてやりたかった。

「そうなんですよねー。聞いたところによると、もう準備も始まっているようですし、この状況で私のわがままが通るとも思ってません」

「じゃあ……」

「だから、お姉さまは明日の夜会に出ないだけでいいの。ね、簡単なことでしょ？」

その言葉に、思わずシャーリィの顔を見た。彼女はソファの背にしなだれかかるように身体を預けて嬉しそうにシンシアを見ている。

「明日の晩に開かれる夜会が、花嫁のお披露目だってこと……、私、知ってるんだから」

本当にシャーリィと半分でも血が繋がっているのかと思うと、恐ろしい気分になった。何もかも知っている妹を前に、シンシアは言葉を失う。

「それにしてもお姉さまったら、今日はいやに反論なさるのね。いつもならすぐにいいよって言ってくださるのに」

先ほどまで、シンシアを震えあがらせるほど妖艶に微笑んでいたかと思うと、今度は頬をふくらませて機嫌を損ねる素振りを見せる。歳相応の少女の顔に戻った妹を見て、どこか安堵している自分がいた。彼女からのお願いという名の要求を、シンシアは頭の中で巡らせる。しかし、言葉だけがぐるぐる回って、うまく思考が処理してくれない。ましてや、立ちくらみまで起こしてしまう始末だ。ぐらぐらと揺れる視界に気分が悪くなりそうだった。

「お姉さま、今ノックが――」

シャーリィの声さえも、どこか遠くに聞こえる。何が自分の身に起きているのか把握できないまま、ソファに座ろうとワゴンから離れたのだが、その際にドレスの裾を後ろ足で踏んでしまった。

「……ッ」

視界がぐらぐらと揺れる。どこに立っているのかもわからない感覚が、めまいからくるものなのか、自分の身体が傾いでいるからそう思うのか、判別できないほどだった。ゆっくりとシンシアの世界が回ろうとしていた刹那――、力強い腕に後ろから腰を支えられる。

「まぁ、レナードさま!!」

ソファから立ち上がって喜ぶシャーリィの声で、支えてくれたのがレナードだということを知った。この優しいぬくもりが彼なのだとわかるだけで、なぜか泣きそうになる。

「……大丈夫か?」

耳元に唇を寄せ、無事を確認するレナードを見上げて、シンシアはこくりと頷いた。ほっとした表情を見せたレナードの空いた腕に、シャーリィがその細腕を絡ませてくる。

「今日はお会いになれないって聞いていたので、こうしてお顔を見ることができて嬉しいです。私、シンシアの妹の――」

「シャーリィ・フロストさまですね。貴国滞在のおりには、国王陛下にとてもよくしてもらいました。この場をお借りして、お礼を申し上げます。それなのに、恩を仇で返すような真似をしてしまい、大変申し訳ありませんでした」

まとわりついていたシャーリィに詫びるレナードの姿は、真剣そのものだった。彼の真剣さに圧倒されたのか、シャーリィは静かに絡めていた腕を解き、少し離れてドレスの裾をちょこんとつまむ。

「それに関して、現在陛下とやりとりをしていらっしゃるかと思いますが、レナードさま宛に手紙を預かっております。もうすでにお手元にあるかと存じますが、それが陛下の気持ちと解釈していただき、問題ございません。このたびは、急な来訪とはいえ、快く出迎えていただき、感謝しております」

レナードよりも先にしっかりとした挨拶はできなかったものの、大事な公務はきちんとこなした。いつまでも子どもだと思っていたシャーリィの成長した姿に、嬉しく思う。

成長した妹を、シンシアは嬉しさと驚きが入り混じったような気持ちで見つめていた。その視線に気づいたのか、彼女はシンシアに向き直ると自慢気に顔を上げる。

「お姉さま、驚きました？　成長したって褒めてくださってもいいのですよ！」

素直に褒めてほしいと言えないところが、シャーリィのかわいらしいところであり、悪いところでもある。しかし、周囲の視線を気にせず、素を出してしまうあたり、やはりまだまだ子どもだ。シンシアはレナードの手から離れ、シャーリィの視線に合わせるようにしゃがみこんだ。

「ええ、シャーリィ。よくできたわ」

にっこり微笑み、シャーリィの小さな身体を抱きしめる。驚きに息を呑む音が耳元で聞こえた。それでもしっかりシャーリィを抱きしめるシンシアの背に、彼女の小さな手がおずおずと回る。シンシアもシャーリィの後頭部を撫でた。

「でも」

腕の中の妹を離したシンシアは、何を言われるのだろうかと不安に揺れる琥珀色の瞳を見つめる。

「さっきの物言いは、王女としてふさわしくないわ。今は愛嬌があると思ってもらえるけれども、これから先はそうはいかない。もっと素直になるようにね」

最後に、しっかりだめなことはだめだと伝えると、シンシアは立ち上がった。シャーリィは唇をきゅっと引き結ぶと、悔しさを笑顔に変えてレナードの腕に甘えるように絡みつく。レナードも邪険にできないことをわかっているせいか、機嫌を損ねない程度に相手をしていた。そんな二人の会話をどこか遠くで聞いていたシンシアは、周囲に心配をかけさせないよう、そっとレナードから離れようとするのだが、その本人に腰を摑まれて離してもらえない。諦めにも似た感情に気づかれないよう小さく息を吐き出す。

「それで、レナードさま」

嬉しそうにレナードと頰を染めて談笑するシャーリィを見ながら、微笑ましいと思う反面、どこか心がざわついていた。こんな気持ちは初めてで、シンシア自身も戸惑う。ぼんやりと視界がかすみ始め、頭が重くなってきた。もしかしてこれは、と思い当たる寸前で、シャーリィの楽しげな声で我に返った。

「私、国から出たことがなかったので、太陽や青空の色を初めて見ましたわ！　鮮やかな色に囲まれているこの国を、もっと見たいです！」

興奮気味に琥珀色の瞳を輝かせているシャーリィに、レナードも優しく微笑む。

「では、庭園にご案内しましょうか」

「ええ、ぜひ！　ね、お姉さまも一緒に行きましょう!!」

無邪気にシンシアの腕を掴むシャーリィに、シンシアは頭をくらくらさせながら、微笑みを浮かべる。

「もちろんだわ。庭園には、かわいい仔猫もいるから、一緒に――」

「申し訳ないが、シンシアは予定が入っているため、行くことができません」

シンシアの言葉を途中で遮り、レナードが断りを入れる。が、そんな話は聞いてない。

「レナード、私予定があるなんて聞いてないわ」

「明日の晩に着るドレスの調整があるだろう？　寝ぼけているのか？」

不思議がるシンシアに口元を綻ばせたレナードが、こめかみにくちづける。やわらかい唇の温度が気持ちいい。そうだったのだろうか、と思考を巡らせてみるが、やはり思い出せなかった。

「えー、お姉さまが来てくださらないの、寂しいわ……」

また機嫌を損ねたのか、シャーリィが頬をふくらませる。

「シンシアの代わり……にはなれないが、ここは私が妹君のお相手を務めさせていただきます。よろしいですか、シャーリィさま」

レナードの紫の瞳に見下されたシャーリィの表情が、願ってもない申し出だと、すぐに明るくなった。どうやら機嫌は直ったようだ。

「レナードさまなら大歓迎ですわ！」

「喜んでいただき光栄です、妹君。では、私はまだ少しやることが残っておりますので、先に行っていてください。すぐに追いかけますから」

「……絶対ですよ？」

「ええ、必ず」

シンシアを離したレナードが、跪いてシャーリィの小さな手を恭しくとると、その甲にくちづける。シャーリィは顔を真っ赤にしてまばたきを繰り返していた。

「で、では、またあとで」

はにかんだシャーリィは、惚けたように部屋から出て行った。その後ろ姿を見送りながら、シンシアは密かにシャーリィが転んだりしないかハラハラしていた。何事もなく無事にドアが閉められた瞬間、ほっとするとともにレナードに抱き上げられる。

「ちょ、ちょっとレナード！　いきなりどうしたの⁉」

慌てて彼の首にしがみつくように腕を回すと、彼の額がシンシアの額にぴたりと重なった。視界の端で、シャーリィと入れ違いに戻ってきたロッティが目を見開いていた。

「やっぱり……」

「え？」

「熱がある」

レナードの冷静な声に、今度はロッティが慌てた。

「わ、私、お医者さまをお呼びしてまいります……!!」

アップルパイ片手に部屋から飛び出していくロッティを横目に、レナードは自分の私室に繋がるドアへと向かった。

「レナード、私、大丈夫だから……!!」

「どうして黙ってた」

「え？」

「昔から、はしゃぐとすぐに熱が出るのを忘れたのか？」

その言葉に、心臓が大きく音をたてる。レナードの言うとおり、確かにそういう体質だった。とはいえ、それは母が生きているときの話だ。母が死んでからは、はしゃぐようなことはなかったし、塔に移ってからは夜会に出ることもなく、健やかに生活していた。やがて、母と一緒に過ごした時間よりも、母のいない時間のほうが長くなり、シンシア自身も、自分の体質を忘れかけていたぐらいだ。それを彼が覚えていたことに驚く。

そう考えると熱でくらくらするなんて、久しぶりだ。

「それに、シアがランドルフ《うち》にきて、まだ二日だ。移動の疲れもとれていないだろう？……俺ももっとちゃんと様子を見ていればよかった」

「レナードのせいじゃ……っ」

ない。そう続けようとしたのだが、寝室のベッドに下ろされてしまい言えなかった。

「シャーリィのことは俺に任せて、……シアはここで休んでろ」

額を撫でるレナードの手が、ひんやりして気持ちがいい。もっと触ってほしいと思うところには、彼の手が離れてしまい、代わりに唇が触れる。

「あとで、様子を見にくる」

離れていくレナードの顔と体温に、寂しさで押しつぶされそうになった。思わずレナードを追いかけるように伸びた手が、彼のウェストコートの裾を掴む。

「……い」

振り返ったレナードの顔を見て、シンシアは言おうとしていた言葉を変えた。

「いって……らっしゃい。シャーリィを、よろしくね」

それだけ伝えると、レナードは苦笑を浮かべてウェストコートを掴むシンシアの指をゆっくりと解く。そして手のひらに名残惜しそうにくちづけた。それからシンシアの手をベッドの上にのせたレナードは、踵を返して寝室から出て行ってしまった。その足がシャーリィに向かっているのだと思うだけで、心が切なく疼く。

——行かないで。

言えなかった言葉を心の中でつぶやいたシンシアは、気づいてしまった。

レナードを誰にも渡したくない気持ちが自分の中にあるということを——。

★————★————★

次に目を覚ましたら、部屋の中が鮮やかなオレンジ色に染まっていた。

どうやら夕方になっていたようだ。眠る前よりもすっきりとした頭で静かに自分の額に手を当てる。そこまで熱くはない。熱はほとんど下がっているようだった。ぼんやりした頭で上半身を起こすと、着替えさせられていたナイトドレスが汗でぐっしょり濡れていて気持ち悪い。ロッティを呼ぼうと口を開けたところで、レナードの声が横から聞こえた。

「起きたか」

「……レナード……？」

視線を横に向けると、レナードが手にしていた書類をサイドテーブルに置いているところだった。眠る前の記憶では、彼はシャーリィに庭園を案内するところだったはずだ。もう案内は終わったのだろうか。

「シャーリィは疲れるまで犬《ロン》と遊ばせたよ。今は客室でくつろいでもらっている」

シンシアが訊こうとしていたことを先に話されてしまい、言葉を失う。

「それに、言っただろ？　あとで様子を見にくるって」

　椅子から立ち上がったレナードは、ベッドに片手をついてシンシアの首の後ろに手を回した。きょとんとするシンシアの額に、彼は自分のそれを重ねる。こつり。レナードの額から、じんわりと彼の体温を感じた。

「薬が効いているようだな」

　ほっとしたレナードが、シンシアから離れてサイドテーブルにある水差しからグラスに水を注ぐ。からん、と涼やかな音が聞こえる。レナードが水の入ったグラスを渡してくれ、喉が渇いていたシンシアはありがたくそれを受け取った。冷えたグラスに唇をつけ、口の中に流し込む。冷たい水がシンシアのからからに渇いた喉を潤してくれた。水も入っているせいか、身体の中から冷えていく感覚が心地いい。一気にグラスの水を飲み干したシンシアがレナードの姿を探すと、彼の姿は見えないのに水の音が聞こえた。どうやら、しゃがみこんで何かしているらしい。シンシアのところから見えないので、音だけで判断する。やがて、ベッドの脇でレナードが立ち上がると、その手には濡れた布が握られていた。何をするのかと首を傾げたシンシアのそばで、彼がベッドに腰をかける。

「着替えたいだろ？　手伝うよ」

「……え？　あ、でも、汗で濡れてるし」

「大丈夫。これで拭くから」

「レナードにしてもらうの悪いし……！」

「俺がしたいんだ」

やんわりと断っているのだが、彼は頑としてそれを聞き入れてくれなかった。他になんと言って伝えたらいいのか考えあぐねるシンシアに、レナードはふっと口元を緩ませる。

「それに、一人じゃできないだろ」

「……前だけならできるもの」

「シアは、本当に意地っぱりだな」

大仰にため息をつくレナードに、シンシアも負けじと言い返す。

「い、意地を張っているわけじゃないわ。ただ恥ずかしい……、だけで」

「そういうことを言ってるんじゃない」

「……じゃあ、どういうこと？」

レナードは苦笑を浮かべて、シンシアの頬に手を這わせた。

「俺に甘えてくれない、と言っているんだ」

紫の瞳が、ほんの少し恥ずかしそうに視線を逸らす。その様子に、シンシアは思ったことをそのまま口にしてしまった。

「……拗ねてるの？」

レナードの動きが一瞬止まり、それから大きく息を吐き出す。何かを覚悟したようにシンシアへ視線を戻すと、彼はにっこり微笑んだ。今まで見せたことのない笑顔で。

「仕置きが必要だな」

嫌な予感に突き動かされ、シンシアは逃げるために身体を左に向ける。右にいるレナードがベッドに乗りあがったのか、ぎしりと軋む音を背後に聞き、もがくように身体を動かした。――が、さっきまで寝ていた身体はそう簡単に動いてくれなくて、すぐに彼に捕えられてしまった。

「逃げられると思ってるのか？」

摑まれた腕を引き寄せられてしまい、シンシアの身体はやすやすとレナードの腕の中に収まる。逃げる前と同じ位置に戻ってしまったが、先ほどと違うのは背後にレナードがいることだ。彼は後ろからシンシアを抱きしめるようにそこにいた。背中から伝わってくる体温が、緊張を連れてくる。

「これなら、顔を見られることはないし、身体も見えない」

彼の声が耳に吹き込まれる。甘い気持ちが胸に広がり、小さく肩が震えた。

「早く汗を拭かないと、今度は風邪をひく」

汗で冷たくなった衣服のせいだと勘違いしたレナードが、シンシアのナイトドレスを器用に脱がせ始める。恥ずかしかったが、観念して抵抗はしなかった。抵抗しても無駄だということを知ったし、なにより彼からは背中しか見えない。脱がされたナイトドレスはそのままベッドの下に放り投げられ、シンシアはベッドの上で一糸纏わぬ姿になった。

「背中からやるから、髪を退けてくれるか？」

レナードに言われたとおり、シンシアは自分の長い髪の毛をまとめて肩から前に流した。

「……綺麗な背中だな」

優しい声と吹きかけられる吐息に、心臓が動揺を伝えてくる。頬に熱がこもり始めたとき、露わになった背中にひやりとした布を当てられた。レナードがシンシアの背中を、少し水を含ませた布で優しく拭いていく。彼の前で何度か肌を見られているが、何も着ていない状況になったことはない。背中を見られているだけだが、それでも恥ずかしさは拭えなかった。

「シア、次は腕をやるから俺に寄りかかってくれないか」

次の指示を受け、シンシアは髪を背中に下ろして静かにレナードに寄りかかる。服越しに彼の体温を感じて心細さが少しはなくなった。

「はい、腕」

レナードはゆっくりとシンシアの両腕を、指の間までしっかりと布で拭ってくれた。ときおり、彼の吐息が耳に触れると小さく震えてしまう。そのたびに、レナードはあたためようとしてくれるのか、シンシアを抱きしめるようにぴったりとくっついた。これがお互いに裸だったら、どれだけ気持ちいいのだろう。ふと浮かんだ不埒な考えを振り切るように首を横に振った。

「シア？　どうした、寒い？」

「え!?　あ、え、大丈夫、寒くないわ」

動揺がわかりやすく声に表れる。シンシアは背後にいるレナードの表情が見えないせいか、うまく取り繕うことができない。これ以上動揺していることを気づかれないように、シンシアは平常心を保つ努力はした。そう、努力だけは。

「あのね、レナード、あとは自分でできるから……」

しなくても大丈夫。そう、伝えようとしたシンシアの首筋に、やわらかいものが押し当てられた。びくり、と肩が揺れる。耳元で、ふっとレナードが笑ったような気がした。

「おかしいな」

何か気づいた様子の含みのある楽しげな声に、シンシアは息を呑む。心臓が大きく音をたてて、どうか彼に伝わらないようにと願うことしかできなかった。

「肌が熱い」

ちゅ。舌先で首筋に触れてから、唇で吸うようにくちづけられる。

「ひゃっ」

肩を震わせるシンシアの耳元に唇を寄せたレナードは、嬉しそうに呟いた。

「知ってるか？　肌が熱くなるのは、欲情してる証拠だって」

おまえはいやらしい。と、言われたような気がして、頬が熱くなる。

「ち、ちが……っ」

「試してみるか？」

　レナードが何をしているのかわからないが、しばらくしてシンシアの目の前に透明な塊を見せる。それはレナードの指先を濡らし、透明な雫を下に落とした。

「……氷？」

「そう。それを――」

　前にあるレナードの手が、ゆっくりとシンシアの左肩に向かう。ひんやりとした冷気を肌で感じると、すぐに鋭い冷たさが肌に触れた。

「ひゃっ」

「こうする」

　レナードの指先を濡らす氷が、シンシアの肌を首元から肩に向かって滑っていく。冷たさというよりも、快感に似たぞくぞくとする感覚を肌で感じ、身体が小刻みに震えた。

「肌をなぞるだけで氷が溶ける。……肌が熱い証拠だ」

　そう言う彼だって服越しに伝わる体温は高い。耳を甘噛みする舌先だって、燃えるように熱かった。氷が溶けたのは、決してシンシアだけの体温ではないはずだ。そう反論したかったのだが、レナードがまだ溶けきってない氷を肩から胸元へ滑らせたせいで、反論できなかった。

「ひゃ、……んんっ」

声が出そうになって口をつぐむ。レナードの手は胸元からゆっくりとふくらみのほうへ下りていった。声や快感をこらえるように身体を縮こまらせているせいか、両腕によって寄せられた乳房が谷間を作る。その谷間に向かって、氷はふくらみの上を滑るのだが、小さくなってきているせいか、レナードの指先も氷と一緒に肌の上をなぞっていた。

甘い疼きに耐えるように、何度か身体を揺らしてこらえていたのだが、氷が胸の頂のそばを通りかかった瞬間、レナードの指先がそっとそこをかすめた。

「……っ‼」

突然の刺激に大きく身体が跳ね、何かが胸の間に落ちる。そっと目を開けると、シンシアのやわらかいふたつのふくらみの間に、小さくなった氷が挟まっていた。それはシンシアの体温を受けてゆっくりと、しかし確実に溶けていく。

「シアが感じて身体を跳ねさせるから、驚いて氷を離してしまっただろ」

まるでシンシアのせいだと言うような口ぶりに、それをさせたのは誰のせいだ、と言いたい。けれど、氷はどんどん溶けていくし、ベッドを濡らしてしまうのは嫌だった。

「と、とってぇ」

「しょうがないな」

助けを求めるシンシアの声に応えるように、レナードは胸元から乳首に向かって指先を滑らせる。やわらかいシンシアのふくらみに、レナードの指先が沈む。いやらしい光景から目を逸らしたくても、彼の指先がどこに向かっているのか気になって目を逸らすことができなかった。

「レナード、ちゃんと探してる……？」

「もちろんだよ。ああ、ほら、見つかった」

きゅむ。乳首を摘まれて、大きく身体が跳ねた。肌の上を滑る一方の手だけを目で追っていたら、腹部に回った手に気づけなかった。

「あぁっ、レナード……っ」

それは違う、と言いたいのに、何度もきゅむきゅむと形と硬さを確かめるように摘まれて、言葉にならない。

「しっかり硬いのに……、おかしいな、冷たくない」

明らかにわかっててやっている。それを咎めたくても、唇からは快感による甘い吐息しか出なかった。レナードの指先も熱くなってきている。

「ああ、こっちにもあった」

「は、ぁあ……っ」

今度は両方の乳首をいじられて、身体から力が抜けてしまう。くったりとレナードに背中を預けて、与えられる愛撫に身体を震わせた。氷はシンシアの胸の間を濡らして、いつの間にか溶けて消えてしまった。

「も、……やめ」

「やめたらおしおきにならないだろ」

甘い刺激と快感に、身体が違う熱で火照ってくる。乳首だけをいじっていたレナードの手が、無防備になっているシンシアのふたつの乳房を下からそっと揉みあげた。

「んっ」

人差し指と中指で乳首を挟み、やわやわと揉みあげられる。

「ぁあ……っ！」

乳首への刺激も強く、背中が弓なりになった。

「……シア、気持ちいい声が出てる」

嬉しそうに耳元で言うレナードの声に、せめてもの抵抗として首を小さく横に振る。

「そう。……じゃあ、気持ちいいって言わせるまでだ」

ちゅ。耳にくちづけられたと思ったら、レナードの唇がシンシアの首筋に落ちた。何度も肌を吸われ、舌先でくすぐられる。胸を愛撫する手は止まらないし、一層激しくなった。

「あ……ッ、あぁッ……。はぁ……、も、やぁ」

必死にこらえているシンシアのことなど気にかけず、レナードは挟み込んでいただけの乳首を、指先で揺らしてくる。ぴんと勃った乳首が、さらに硬くなったような気がした。

「いやらしい身体だな」

肌に吸いつく合間に、熱い吐息が肌に触れる。

「シアのココ、どんどん硬くなる」

「あぁっ、あ、んんんっ」

乳首を何度もこすられてあられもない声があがった。

身体の火照りが止まらない。甘い疼きが溢れてくる。そして、どうしようもないほど、レナードに触れたい気持ちでいっぱいになった。

「レナー……、ド」

「何？　シア」

その甘い声に酔いしれてしまいたい。はしたない欲求が浮かび、彼の腕を求めるように掴んでいた。

「レナード」

顔を見せてほしくて振り返ると、間近にある紫の瞳が驚きに目を瞠った。

「……レナード」

もう一度、名前を呼ぶ。思いのほか甘く響いたシンシアの声に、吸い寄せられるように、レナードの唇が近づいてきた。欲しいものが相手に伝わったような気がして、嬉しくて瞳を閉じたシンシアだった――が、唇が触れ合う前にノックの音に邪魔されてしまう。

「……」

「……」

目を開けて、お互いに顔を見合わせていると、ノックの音がもう一度した。

「殿下、いらっしゃいますか、殿下」

その声はアルフレッドだった。

「…………はぁ」

何かをこらえるようにため息をついたレナードが、シンシアからドアに視線を移す。その横顔は、シンシアの知っている幼なじみの彼から〝殿下〟の顔に戻っていた。

「いる。なんだ」

「シャーリィさまがお呼びです」

「…………わかった。行くと伝えろ」

先ほどよりも多くとった間《ま》が、彼の気持ちを表しているようだった。妹がレナードが好きで懐いているのはわかっているけれども、そう何度も呼びつけるのはわがままだ。姉として、妹の自由な振る舞いを申し訳なく思った。

「……ごめんなさい」

「シアのせいじゃないさ」

気にするな、と言うように、レナードはシンシアの額に唇を押しつけた。そして、名残惜しそうに思いきりシンシアの身体を抱きしめると、ベッドから下りる。彼は胸元のクラバットや外されたウェストコートのボタンを整えていった。

「あとはロッティに任せておくから、うまく言い訳を……」

クラバットを直し終わったレナードが、シンシアの顔を見て苦笑を浮かべた。

「無理か」

「……え？」

「そんな蕩けた顔でいたら、何やってたかすぐにばれると言ってるんだ。ロッティには構わないのだが、アルフレッドに知られると面倒だからな。……俺がロッティにうまく言っておくから、シアは身体を冷やさないようにしていろ」

椅子の背にかけられていたブランケットを手にしたレナードが、シンシアを抱きしめるように包む。レナードの香りに包まれて、安心感が胸に広がった。

「行ってくる」

呆けるシンシアの頭を撫でたレナードが、背を向けて寝室のドアから出て行く。

その後ろ姿が見えなくなった途端、シンシアの目から大粒の涙が溢れた。心がわけもなく寂しさを訴え、身体の甘い疼きは残ったままだ。彼に灯された熱を、彼の香りに抱きしめられることによってどうにか保つ。そうすることで、どうしようもない寂しさに耐えていた。

「……レナード」

小さく呟いた彼の名前でさえも、甘く心を震わせる――。

★――★――★

寝て起きてを繰り返し、シンシアが最後に目が覚めたときには時計の針が夜更けを指していた。薬も効き、頭もすっきりしたシンシアは、ベッドから下りてバルコニーへ出る。

また熱を出さないために、とレナードのブランケットを肩から羽織った。

風のない夜。けれど、上空の雲は勢いよく流れていき、皓々《こうこう》とした満月をシンシアに見せる。闇夜に浮かぶ聖浄《せいじょう》な月を仰ぎ、天が織りなす奇跡の景色に魅せられた。雲を動かしたり、月が浮かんで見えるのは、人間の力ではない。ずっと昔から、そこにあるものだ。

「……美しいわ」

とても。

目を閉じてうっとりと身を任せる。瞼を閉じた闇を照らすように浮かんだのは、レナードだった。幼いころは一方的に苦手意識を持っていたシンシアだったが、再会してからの彼を知ってからは、どんどん心の中が彼でいっぱいになっていた。

しかし、シャーリィのことも放っておけない。今まで妹に強請《ねだ》られたものはシンシア自身、そこまで執着していなかった。夜会も、部屋も、髪飾りも。でも、今はどんなにシャーリィに強請られても譲れないものがシンシアにはある。

「シア」

名前を呼ばれた瞬間、胸が甘く疼く。シンシアが目を開けて振り返ると、執務終わりなのか、レナードがナイトガウン姿で立っていた。

「起きて大丈夫なのか？」

開け放たれたバルコニーのドアからレナードが早足で駆け寄ってくる。すぐにシンシアの額に手を当て、次に首筋へと手のひらで体温を確かめると、ほっと息をついた。

「熱は下がったみたいだな」

「ええ。もう大丈夫。それより、レナードは今まで執務？」

「……ああ」

「いつも、こんなに遅いの？」

「いや、今だけだ。いろいろとやることが立て込んでいてね」

やはりアルフレッドの言っていたことは本当だった。きっと、今回のシャーリィの来訪も急なことだったのだろう。普通に考えてみても、シャーリィがランドルフに着くのが早過ぎる。それを考えれば、レナードやルイス、その他宰相たちなどの側近が慌ただしくなるのも当然だ。自分だけではなく、妹のことまで申し訳ない気持ちになった。

「……そう。ごめんなさい」

「なぜ、シアが謝るんだ？」

「いつも私がレナードのベッドを占領しているから、こんな時間に戻ってきたら安眠できないいんじゃないのかなって思って」

アルフレッドから聞いたことは、きっとレナードが知ってほしくないことだ。だから、シンシアは嘘ではない本音をこぼす。他人のベッドを使い続けるのはやはり心苦しかった。

「いいや、その逆だ」

「逆？」

「ああ。……シアが近くにいることで、俺は安心して眠ることができる」

そう言って、彼はシンシアをゆっくりと抱きしめる。湯浴《ゆあ》みをしてきたばかりだからか、レナードの身体はあたたかい。もしくは、彼の体温をあたたかいと思うほど、シンシアの身体が知らない間に冷えていたのかもしれない。

「シア、また熱がぶり返しても困るから中に入ろう」

シンシアを腕の中から解放したレナードが、ほんの少し冷えたシンシアの手を引いて歩き出す。そうして寝室に戻ると、シンシアの手を放したレナードがバルコニーのドアを閉めるために背中を向けた。それを見ていたら、自然と身体が動いていた。

「……シア？」

後ろからレナードの腰に腕を回したシンシアは、強く彼を抱きしめる。その拍子に肩から落ちたブランケットは床の上に落ち、シンシアをあたためてはくれない。レナードの体温がナイトガウン越しに伝わってくるだけだ。

腰に回したシンシアの手に、レナードが手を重ねてくれた。そのぬくもりが体温を分け与えてくれ、互いの体温が同じになる。静寂に包まれた寝室の中で、しばらくそうしていたレナードがゆっくりとシンシアの腕をほどいた。そしてシンシアに向き直ると、今度は重ねていた手を頬に当てる。大きくてあたたかいレナードの手に、安心感が広がった。

「何か……、あったか？」

どうして、わかってしまうのだろう。

一瞬だけ揺れ動いてしまった瞳に、どうか気づかないでと願いながら、シンシアは首を横に振った。

「レナードに、お礼が……したいの」

「礼？」

「今日、忙しいのにそばにいてくれたでしょう？」

「……ああ、あれはシアと約束したから戻ってきただけで、別に礼が欲しくてやったことじゃない。俺が勝手にやったことだから、シアは気にしなくていい。……気持ちだけ受け取っておくよ、ありがとう」

優しい微笑みを浮かべたレナードが手を頬から頭に移す。ゆっくり撫でる手のぬくもりにうっとりしてしまいそうになるが、シンシアは勇気を振り絞ってレナードの胸元にしがみついた。

「そうじゃ、なくて……」

「ん？」

「わ、私が……、レナードを気持ちよくして、お礼がしたいの……!!」

自分でも何を言っているのかわからなかった。

恥ずかしくて恥ずかしくてたまらなくて、目に涙が浮かぶ。それでもシンシアはなんの反応も示さないレナードの、その紫の瞳を見続けた。

「……………………は？」

ようやく返事をしてもらえたと思ったら、それは単語にもなっていない。他にどう言えばいいのかわからないシンシアが、恥ずかしさでさらに涙を浮かべると、月を背にしたレナードが、ゆっくりと言葉を紡ぐ。

「俺が、シアを気持ちよくするんじゃなくて」

こくこく。首を縦に振って応える。

「シアが、……俺を、気持ちよくさせたいってことか……？」

こくこくこく。やっと意味が通じて、ナイトガウンを握りしめる手にさらに力がこもる。

その瞬間、レナードが目を瞠り驚きを露わにした。

「……本気か？」

状況を理解し、落ち着きを取り戻したレナードが真剣に告げる。シンシアもまたゆっくりと頷いた。レナードはシンシアの返事を聞いてから、静かに息を吐き出し、ナイトガウンを摑む彼女の手に自分の手を重ねる。

「わかった」

緊張で冷たくなっているシンシアの手から、ゆっくりと摑んでいるものを放させたレナードは、その手を引いてベッドへ向かう。二人で一緒にベッドの上にのり、レナードが夕方のときのようにクッションを背にして座った。

「おいで」

甘い声で手を差し伸べられる。どきん、と大きく心臓が跳ね、腰骨のあたりが早くも疼き始めた。中途半端に残った熱が身体をじんわり熱くさせ、落ち着くために緊張とともに小さく息を吐き出す。そして、レナードの美しい手のひらに、自分の手を重ねた。

「足、またいで、俺の上にのって」

言われたとおりにレナードの両足をまたぎ、彼の太ももの上に腰を下ろす。

「手はこっち」

行き場のない手を摑むと、彼はそれを自分の肩に置かせた。やっぱり想像していた以上に恥ずかしい。とはいえ、誘ったのは自分なのだから、とレナードの顔を見る。

「………どうぞ?」

「え?」

「シアが、俺を気持ちよくさせたいんだろう?」

「え、ええ、そうよ」

「だから、どうぞ」

両腕を広げて好きにしていい、という仕草を見せるが、経験の浅いシンシアは具体的にどうしたら気持ちよくなるのかを知らなかった。

「レナードは、どうしたら気持ちいい?」

「………自分から言い出したのに、それを聞くか?」

苦笑を浮かべたレナードの言葉に、シンシアも確かにそのとおりだと思う。やはりこういうことは、感情だけではだめなのだ。

「ごめんなさい……」

反省をこめて謝る。思わず視線が落ちたシンシアを、レナードは抱き寄せた。

「……レナード?」

「──ばいい」

「え?」

「シアが、俺にされて気持ちいいと思うことを、俺にすればいいんだよ」

その声に、シンシアは勢いよく顔を上げる。

「ありがとう、レナード」

そしてにっこり微笑むと、レナードの頬に手を当てた。自分からあまり触れたことがない彼の肌を堪能して、ゆっくりと首筋まで辿る。首元から肩にかけてナイトガウンをずらすように撫でていくと、彼の肩が露わになった。もう片方も同じように、ナイトガウンを肩から落とす。細身だが、しっかりと筋肉がついている胸元、男らしさの中に艶やかさを併せ持つ魅力的な身体だった。シンシアは、まるで吸い寄せられるように彼の首筋にくちづける。最初は唇を押しつけるだけのくちづけだったが、それを何度も繰り返すうちに、レナードからしてもらったときの記憶を思い出し、唇で肌を挟むようにくちづけた。

ちゅ。唇を押しつけるだけでは出なかった音に、嬉しさで口元が綻ぶ。今度はレナードの肌を舌先でくすぐってから、同じようにくちづけた。

「……っ」

すると、息を呑む音が上から聞こえた。しっかり反応を返してくれるレナードに、シンシアのもっと気持ちよくなってもらいたいという気持ちが大きくなる。首筋から肩、そして綺麗に浮き上がった鎖骨にくちづけていく。剝き出しの胸元に手を這わせて、胸の突起を指先でいじった。

「……」

が、シンシアみたいな反応はない。おかしいと思いながらも、座っている位置を後ろにずらして、今度は彼の胸の突起を舌先で触れた。あまり硬くならない。おかしい。シンシアがされてるように、舌先でくすぐってみても硬くなる気配はなく、むしろ――。

「シ、シア……っ、悪い、くすぐったい……!!」

笑われてしまった。

「…………どうして私みたいにならないの？」

顔を上げたシンシアが、涙目でレナードに訴えると、彼は苦笑を浮かべる。

「俺は、あんまり感じないんだ。ごめんな」

「さ、最初から言ってくれたらいいのに……！」

「悪い。シアが、俺に何をされたら気持ちいいのかを知りたかったから、黙ってた」

嬉しそうに微笑むレナードに、シンシアは自分から乳首をいじられるのが好きだと態度で示したということに気づく。恥ずかしさで顔を真っ赤にさせたシンシアは、思わず自分の顔を手で覆った。

「……そんなに恥ずかしがらなくてもいいだろ」

「恥ずかしいに決まってます！」

「でも、俺は嬉しかったよ。シンシアが、ココをこうするのが好きってことがわかって」

　言いながら、ナイトドレス越しにレナードの指先がシンシアの乳首を指先でそっと弾く。そこからくる甘い痺れが、くすぶっている快感を刺激して身体が跳ねた。

「…………レナードの意地悪」

「そんなつもりはなかったんだが……。んー、しょうがないな。シアはそのまま自分で目隠ししたまま、腰上げてくれる？」

　何をするのかわからなかったが、シンシアは言われたとおりに腰を上げて膝立ちになった。次に、しゅるりと何かを解く音が聞こえる。注意深く音を聞いていたシンシアだったが、急にナイトドレスの裾を持ち上げられてしまい、驚きに声をあげた。

「ひゃぁっ」

「シア」

「な、何……？」

「そのまま、腰をゆっくり下ろしてくれるか」

　不思議に思いながらもゆっくりと腰を下ろしていく。すると、何か太くて熱いものの上にのった。

「……あれ、ちょっと濡れてる？」

「!?」

　シンシアはレナードの言葉に顔を覆っていた手を退ける。どうしてそんなことがわかるの。そう聞きたかったが、この蜜口に感じる熱さを以前にも体験していることを思い出した。これがレナードの熱であることに気づくと、顔を真っ赤にさせて固まった。

「ああ、何があたってるのかわかった？」

シンシアの表情から何を考えているのかを読み取ったレナードが、意地悪く笑う。シンシアは恥ずかしさにレナードの肩口に額を当てて俯いた。

「もうやめる……？」

恥ずかしいが、言い出したのは自分だ。首を横に振って、やめない、と意思表示をした。するとレナードは「わかった」と言って、シンシアの細い腰に手を添える。

「いい、シア。腰をこうやって……、動かして」

そして、そっと前後に揺さぶった。熱れ始めてきたシンシアの蜜口が、大きくなったレナードのそれを擦っていく。

「こ、こう……？」

教えてもらったままに腰を前後に揺すると、レナードが甘い吐息を吐き出した。

「……っ、そうだ」

悩ましげに眉根を寄せて吐息をもらすレナードの表情に、心臓がきゅうっと締め付けられる。シンシアはレナードの反応を見ながら、自然と腰を動かしていた。ときおり、自分の花芽にこすりつけるように、強弱をつけながら彼の熱棒をこすりつけていく。

「ああ……、っく、シアの、……音、してきた……っはぁ」

蜜口から溢れるシンシアの蜜が潤滑油となって、滑りがよくなってきた。擦っているところからは卑猥な水音がしている。恥ずかしい。でも、気持ちいい。羞恥よりも快感が勝っていく。シンシアは、彼を求めるように唇を寄せていた。

「ん、……んふっ、……っふぁ」

腰をいやらしく動かしながら、彼のやわらかい唇を食む。やわらかくて甘くて、何度も彼の唇にくちづけた。とろりと溶けた思考が、快楽の海で溺れ始める。シンシアの身体は、自然と自分が気持ちよくなる部分を何度もこすりつけていた。

「……っ、レナード……っ」

「ああ、その顔は達きたいって顔だ」

嬉しそうにシンシアの頬に手を這わせたレナードが、ナイトドレスを押し上げるほど勃ちあがった乳首を指先で弾く。背中をしならせ、快感に耐えながらも腰は止まらない。何かが迫ってくる感覚がする。シンシアは、縋りつくようにレナードの肩口に額を押しつけた。

「……ぁ、あ……ッ」

「っは、あぁ、すごい、どんどん溢れてくる……。シア、気持ちいいの？」

こくこく、と素直に首を縦に振ったシンシアに、レナードは唇を寄せる。

「素直ないい子には、ご褒美をあげる」

甘く囁かれた直後――、きゅむ、と両方の乳首をつままれた。

「――ッ、あぁ、やぁ……、そん、なことしちゃ……はぅっ、んんぅ！」

「シア、こうして何度もつままれるの好きだろ？」

「ち、ちが……ッ、あぁんッ」

きゅっきゅっきゅ。と、何度も断続的に両方の乳首をつままれてしまい、シンシアの理性は限界に達していた。もうすぐそこまで迫っている快感に、捕まってしまう。レナードからの愛撫に加速がかかると、もう無理だった。

「も……、だめぇ……ッ!!」

追いかけてくる何かに捕まった途端、シンシアの世界が真っ白にはじけ飛んだ。

「……っはぁ、はぁ、……はぁ」

余韻に身体をびくびくと震わせながら、荒い呼吸を整える。レナードもそんなシンシアの背中をあやすように撫でてくれた。身体の震えが収まると、シンシアはくったりとレナードに身体を預ける。蜜口に当たる彼の熱棒は当然のことながら衰えていない。

――それが、とても寂しかった。

快感を孕んだ身体もまた、物足りないというように熱い。シンシアは、こういうときどうしたらいいのかをぼんやりとした頭で考えた。欲しいと言えばいいのだろうか、それとももっと別の言葉だったか。何を言ったら彼は喜ぶだろう。

腕を伸ばし、しなだれかかっていた身体を起こす。ぼやけた視界の中で、シンシアはレナードの顔を見つめた。

「……ん？」

青銀の髪が揺れる。彼の冷たいと思っていた紫の瞳が、優しくシンシアを見つめていた。

「私……、ばっかり」

「不満か？」

「レナードを、……気持ちよく、したいの」

「俺は充分気持ちがいい」

「……嘘よ。知ってるんだから、……まだ、だって」

「嘘じゃない。俺はシアの気持ちいい声と顔を見ているだけで、気持ちがいいよ」

何を言っても、彼はそれ以上するつもりはないようだった。それを彼の言動から察したシンシアは、そっと彼に手を伸ばす。

「私……、だって、レナードの気持ちいい顔……見たい」

シンシアの指先が、レナードの目元から頬に向かって下りていく。指先がレナードの唇に辿り着くと、静かに唇を撫でた。そのシンシアの指の腹に、レナードが舌先で触れる。

「んっ」

シンシアの指先を舌先でねぶったレナードは、最後にちゅぅと指先を吸った。それが、シンシアの心に小さな波紋を呼ぶ。指先だけでは嫌だという欲求が湧き上がり、両頬に手を添えて彼の唇に自分のそれを押し当てる。

「もっと」

するりとこぼれ落ちた素直な気持ちに、レナードもシンシアの身体を抱きしめてくちづけを返してくれた。やがて、ナイトドレス越しではあったが、身体をぴったりとくっつけて互いの体温を感じ合うようにくちづけを繰り返す。

「ん……、んぅ」

「シアが、……強請るなんて、初めてだな」

くちづけの合間に、レナードが意地悪くつぶやく。

「だって……」

「だって？」

そこから先を言わせるように意地悪な微笑みを浮かべるレナードを見て、シンシアは言葉を探す。なぜだろう。もう少しでわかる感情があって、その名前を知っているはずなのに見つからない。とにかく、もっと、なのだ。もっと触れたい、それも一方的ではなく、ただ互いに触れ合いたい。唇を合わせて、肌を合わせて、互いに探り合って、レナードをもっと知りたかった。そういう欲求が湧き上がる。

これを、どうレナードに伝えたらいいのだろう。何度も口を開けては言葉を紡ごうとし、すぐに口をつぐむ。それを繰り返すシンシアの唇にレナードがちゅっとくちづけ、言って、と強請るように言う。

「……俺が、欲しいの？」

その甘い誘惑にシンシアの心が違うと訴え、代わりに探していた別の言葉を唇がなぞった。

「すき」

誰にも言ったことのない大事な言葉は、シンシアの心を甘く震わせる。つかみ所のない感情を、やっと手にしたような気分だった。ロッティの言っていた意味が、今ならわかる。きっと、そうだ、そういうことだったんだ。

「好きなの」

泣きたくなるほどの衝動に駆られながら、唇から想いがこぼれ落ちていく。紡げば紡ぐほど、それはシンシアの心に刻み込まれる。

「好き、……好き、好き」

一度言葉にしてしまえば、止まらない。子どもが覚えたての言葉を話すように、シンシアは愛を繰り返した。

「私、レナードが好――んッ!!」

言葉の途中で首の後ろに手を回されて、勢いよく唇を塞がれる。

「そう何度も言わなくても、聞こえてる……っ」

ほんの少し離れた唇からレナードの堪えた声が聞こえた。シンシアが彼の名前を呼ぼうとするが、彼が舌先を何度も絡めてくるので、何も言えない。まだ、全然言い足りないのに、彼は何も言わせてはくれなかった。逆に、もっともっととレナードの激しい感情がくちづけによって伝わってくる。

「……んんっ、んぅ、……ま、……ッ、レナード……っ」

激しく絡め取られる舌や、食むようなくちづけからなんとか逃れて何か言おうとするが、彼に頭を押さえられているせいでうまく言葉にならない。呼吸がままならず、視界がぼんやりかすみ始める。

「誰が待つか。……っはぁ、ずっと、待ってた。ずっとだ」

くちづけの合間にこぼれるレナードの吐息と声は、シンシアの心を何度も甘く締め付け、とろりとした蜜を溢れさせた。すると蜜口に感じる彼の熱棒が、さらに熱を増す。シンシアは、レナードの激しさを受け止められなくなり、身体から力が抜けてしまう。それを察したのか、レナードがくちづけたまま、シンシアをそっと後ろに倒した。

「んっ、ん、ぅ」

レナードが唇を離してくれたときにやっと、シンシアは自分が押し倒されたことを知る。

「……レナード……？」

普通に名前を呼んだだけなのに、舌ったらずの子どものような声に聞こえた。レナードから愛おしげに見下ろされると、蜜口に熱い何かが押し当てられる。シンシアが先ほどまで感じていた、彼の欲情の証だった。欲望を孕み大きくなった彼の熱が、シンシアのナカに入りたいと先を濡らして待っている。それを感じ、シンシアのナカも甘く疼いていた。

「シアがほしい」

頭を抱え込まれるように再び唇が塞がれる。唇から甘い幸せが広がり、シンシアも自然とレナードの首の後ろに腕を回して唇を求めた。

「ん、ん……、ぁ」

ぐぐ、と蜜口から彼の欲望が入ってくる。初めてのときよりも、痛みはほとんどなかった。というよりも、痛みなど感じさせないよう、レナードがずっとくちづけていてくれたから、感じなかっただけかもしれない。唇の甘さとやわらかさに、ただただ夢中になっていた。そして、シンシアの蜜を纏ったそれは、いやらしい水音をたてながら、ゆっくりと奥に向かって押し進んでくる。

「んんっ、……あぁっ」

彼の熱で、どんどんシンシアのナカがいっぱいになっていく。それは身体だけではなく、心までもが満たされていくような感じがしていた。

「……シア」

レナードに名前を呼ばれるだけで幸せな気分が心に広がる。好き、という特別な感情はすごい。自分の名前なのに、彼に呼ばれるだけで特別に聞こえてくるのだから。

「名前呼ばれるの、好きなんだ」

レナードに抱きしめられ、耳元に唇を寄せられる。

「嬉しそうに、俺に絡みついてきた」

ぐっと最奥まで突き上げられ、身体の中心を快感が駆け抜けた。奥深くまで彼を感じると、思わず背中がのけぞってしまうほどの快感に包まれる。

「……はぁ、……ん、シアのナカ、とろとろだ」

顔を上げてくちづけるレナードの腰が、ゆるゆると動き始めた。

「レ、ナードのだって……、熱い」

大きな彼がシンシアのナカをこすっていくと、そこから快感が生まれる。ぞくぞくと身体を震わせる快感に力が抜けていき、首の後ろに回していた腕が力なくベッドの上に落ちた。レナードも身体を起こして、もう少し強く腰を打ち付け始める。

「ああ、俺の邪魔をしていたのはこれか」

レナードはシンシアの肌を隠すナイトドレスを忌々《いまいま》しげに見下ろすと、裾を彼女の首元まで引き上げた。窓から差し込む月の光が、曝け出されたシンシアの肌を照らし、薄暗い寝室に白く浮かび上がる。好きな男の欲望を咥え込み、声を堪えいやらしい乳房を揺らすその姿は、淫猥そのものだった。

「月の女神でも犯しているような気分だ」

妖艶に微笑む紫の瞳に自分の裸を見られていると思うと、胸の先端がきゅっと勃ちあがるのがわかる。

「やぁ……、み、ないでぇ……っ」

自分の胸を隠そうとしたが、それよりも早く手をとられてベッドに押さえつけられてしまった。レナードは腰を揺らしながら、シンシアの勃ちあがった乳首を指先で何度も弾く。

「……っあぁ！」

ぐちゅぐちゅとナカを彼の欲望にこすられ、胸の先端をいじられると甘い刺激が分散される。そうして与えられる快楽は倍になり、シンシアを覆った。

「あ、……ぁん、……レナー……ド……ッ」

わけがわからなくなるほどの快感に襲われ、かろうじて自由な手を彼に向かって伸ばす。何かがきてしまう。すぐに真っ白な世界に連れていかれる。でも、まだ彼と繋がっていたかった。

「……っ、ああ……、いいよ、シア、もっときつく、俺に絡みついてきた……っ」

「ひとり、じゃ……、ひとりじゃ、いや……っ」

さっきは一人で白い世界に行ってしまったことを思い出したシンシアは、レナードを求める。その求めに、応えるように身体を震わせたレナードが、覆いかぶさってきた。

「あんまり、俺を……煽るな……っ！」

彼の熱が深く深く、沈み込んでくる。弓なりになる身体をぎゅっと抱きしめられ、ナイトドレスで感じられなかった素肌のレナードをいっぱい感じることができた。もっと、もっと。背中に回した手は、放したくないと強くレナードを抱きしめた。

お互いの呼吸が速くなる。

求めるように、互いの唇を貪る。

舌先を絡めながら、口の中に甘い幸せが広がった。

「シア……、シンシア」

名前を呼ぶその甘い声から余裕がなくなっていく。その興奮を含んだ声に、シンシアの心が締め付けられる。もう、限界が近かった。彼の背中に無意識のうちに爪を立ててしまう。速くなる腰の動きに呼応するように、シンシアのナカも収縮を始めた。

「も……、だめぇ……っ」

シンシアが大きく身体をのけぞらせた刹那、膨れ上がったレナードの欲望も爆ぜた。どくんどくんと、注ぎ込まれるレナードの熱にお腹がいっぱいになる。快感で何度も身体を震わせるシンシアを、レナードが抱きしめてくれるのだが、彼もまだ、ときおりびくりと身体を震わせていた。

あまく、満たされた気持ちが心に広がる。

息を整えながら、シンシアはレナードの身体を強く強く抱きしめた。

第五章　衝　突

「……ふ、あぁ」

　今夜開催される夜会のドレスを試着している最中だったのだが、我慢しきれず小さなあくびをしてしまった。原因はわかっている。昨夜というか、太陽が上り始め、空が白み始めた時間帯に眠ったせいだ。

「シンシアさま……、せめて、手でお隠しください」

　涙で滲む目元を拭うシンシアに、控えているロッティの呆れた声がかかる。腕の袖の調整をしている仕立屋の動きは止まり、そばにいたアルフレッドは肩を震わせて笑いをこらえていた。

「……ごめんなさい」

　赤面したシンシアが俯いて謝ると、仕立屋が手元の動きを再開させながら申し訳なさそうに口を開く。

「気遣いを怠り申し訳ございません。動かないでくださいと申し上げた私のせいですね」

「そんなことないわ。あなたはあなたのお仕事をしているのだから続けて。私が淑女としての嗜みが足りなかっただけだから」

気にしないでと伝えるシンシアに、口元にひげをたくわえた仕立屋が微笑みを返してくれる。それに、シンシアが眠いのは仕立屋のせいではない。

「そういえば、殿下も先ほど眠そうにしていましたね」

わざとらしく声をあげたアルフレッドの言葉に、心臓が大きく跳ねる。

「……そう」

「昨夜は何かあったんですか？」

からかいを含んだアルフレッドの言葉に、シンシアは黙って微笑んだ。すると、ドアをノックする音が部屋に響く。アルフレッドはどこか軽い足取りでドアへ向かった。

「――さて、これで調整は終わりました。シンシアさま、どうぞ、鏡をごらんください」

仕立屋に促されて、大きな姿見に視線を向ける。

「……まぁ」

鏡の中に映る自分が、まるで自分ではないように思えた。

シンシアの瞳の色に合わせた瑠璃色のドレスは、まるで身体のラインに沿って作られたようにしっくりくる。袖口につけられたレースは贅沢にたっぷりと使われており、なんといっても、シンシアのハニーブロンドの髪が、闇夜に浮かぶ月のようによく映えていた。ところどころ鏤《ちりば》められた宝石のようなビーズが光を受けて星のように輝いている。これだけのものを作るのにはかなり時間がかかったはずだ。シンシアがこの国にきてから数日、その間に作れるものではない。きっと仕立屋の腕がいいのだろう。感動したシンシアは、姿見の隣に立っている仕立屋に向き直った。

「着心地もいいし、すごく素敵だわ……！　ありがとう」

心からの感謝を伝えるために、膝を軽く曲げる。

「お褒めいただき、光栄でございます」

「時間がない中、大変だったでしょう？」

しかし、次に顔を上げて仕立屋を見ると、彼はきょとんとした顔をしていた。

「……違う、の？」

「はい。殿下からご注文をいただいたのは、ずいぶん前のことでございます。私の従兄弟がフロスト王国でシンシアさまの仕立てをしておりましたので、そこから情報を得て作っておりました。私もときどき従兄弟の仕事を手伝っているんですよ」

仕立屋の話に、シンシアは何度も目を瞬かせる。そんな前から、レナードがシンシアのためにドレスを頼んでいたとは思ってもみなかったのだ。驚きで言葉を失うシンシアに、ドレスを褒めてもらい喜んだ仕立屋が挨拶をして部屋から出て行く。

残されたシンシアは答えを求めるように、嬉しそうに顔を綻ばせるロッティに視線を投げた。

「――だから言ったでしょう？　殿下は用意周到な男だ、って」

しかし、返答をしたのはロッティではなく、いつの間にか戻ってきたアルフレッドだった。シンシアが後ろを振り返り、微笑むアルフレッドを見つめる。

「その、用意周到な殿下から、シンシアさまにお言伝《ことづて》です」

「レナードから……？」

こほん、と咳払いをしたアルフレッドが、レナードの口調を真似するように言う。

『今日は外出禁止だ。どうしても外出したいときは必ずアルフレッドに声をかけろ』

声こそ似てないが、口調はとても似ている。レナードの昨日の対応を思い浮かべても、アルフレッドとは長い時間一緒にいたことが窺えた。きっとシンシアにとってのロッティのような存在なのだろう。

「――だ、そうです」

第二王子の花嫁として、ほぼ正式なお披露目だ。そこにお披露目するはずの花嫁がいなかったら、レナードに恥をかかせるだけでなく、両国の外交問題にまで発展するだろう。それだけは避けたい。緩んでいた気持ちが引き締まるとともに、自然と背筋も伸びた。

「で、ここからは、私からのお願いになりますが、シンシアさまは必ず今夜の夜会に出席してください。むしろ、いていただかないと困ります。……殿下のためにも、その美しい姿をしっかり見せてあげてください」

「アルフレッドさまは、レナードのことが大好きなのね」

「大好き、というのは語弊《ごへい》がありますが……、まぁ、かわいい弟のような気分で見守っているのは確かですね」

するると、ドアをノックする音が部屋に響き、アルフレッドが呼ばれる。彼はすぐにここを離れることを詫び、部屋から出て行ってしまった。

「……今夜は夜会があるから、城内がとても慌ただしいわ」

「それだけ、大事なお披露目だということです。さ、シンシアさまがドレスを汚さないうちに、着替えてしまいましょうか」

「まぁロッティ、私はもう小さな子どもじゃないわ」

「はい。存じ上げておりますよ。あくびを手で隠すのを忘れてしまううっかりさんですものね」

「…………ごめんなさい」

言い返すことができないシンシアが素直に謝り、ロッティは「わかっていればいいんですよ」と言うと、お互いに顔を見合わせ噴き出した。とても穏やかで、幸せな時間だった。

ロッティといれば、どんな時間も楽しいものに変わる。塔にいたときも、ロッティさえいてくれたら、シンシアは退屈などしなかった。しかし、今は違う。大事な人が増えると、その幸せが倍以上になることを彼が教えてくれた。

レナードのそばにいたい。

それが、シンシアの祈りにも似た感情だった。

「――お、ね、え、さ、ま！」

ちょうど着替えが終わったころ、ノックもなしにひょこんと顔を出した妹に、シンシアの胸がざわめく。可憐《かれん》なミモザを思わせる鮮やかな黄色のドレスをふわりと揺らして入ってきたシャーリィが、駆け寄ってきた。

「体調が良くなったとレナードさまから伺ったので、会いに参りました」

「まぁ、ありがとう、シャーリィ」

駆け寄ってきた妹の頬に手を寄せて、シンシアは彼女の琥珀色の瞳を覗きこんだ。雰囲気こそいつものように明るいが、その瞳はどこか昏い。シンシアが、シャーリィに何かあったのかを訊くよりも先に、彼女はすぐに視線を逸らした。逃げるように。

「ロッティ、私、喉渇いちゃったわ。何かある？」

「水ならこちらに。紅茶でしたら、今ご用意いたします」

そろそろお茶にしようかとロッティと話をしていたところだったので、ちょうどいい機会だった。ロッティがグラスに水を注ぎ、ミントの葉をのせる。それをシャーリィに渡したロッティはお茶の準備のため部屋を出て行った。シャーリィは受け取ったグラスを、一気にあおる。――まるで、緊張を鎮めるかのように。

やはり、どこか様子がおかしい。

「シャーリィ、何かあった……？」

気づかれないとでも思っていたのだろうか、彼女は小さな肩を揺らし、グラスをティーテーブルの上に置いた。しかし、愛らしく振り返った彼女の顔には笑みが浮かんでいる。

「ありますよ！　おおありですわ、お姉さま！」

「……え？」

「だって、昨日はずっとレナードさまが私の相手をしてくださって、とっても楽しい時間を過ごすことができたんですよ？　興奮せずにはいられませんわ！　うふふ。やっぱり私、レナードさまのことが好きです！」

手を当てたその頰は薔薇色に染まっていた。うっとりするように、昨日あったレナードとのことを話し始めるシャーリィを、シンシアは微笑ましく眺める。

さっきのは気のせいだったのかもしれない。

シャーリィのいつもの態度に安堵しつつも、それでもやはりどこか胸騒ぎを感じていた。

「そうそう、それでね、お姉さま」

わざとらしく手を叩いたシャーリィが、今思いついたように本題を口にする。

「あの話は考えていただけたのかしら？」

歳相応の笑顔とは違う、艶やかさを帯びた〝女〟の笑みにどきりとした。シャーリィがこの部屋に訪れてから、訊かれるであろうことは覚悟していたのだが、いざ本人を前にすると緊張が走る。シンシアは深呼吸をして背筋を伸ばした。

「レナードのことよね」

「ええ。昨日のレナードさまの態度を見ても、お姉さまは辞退することをお話ししていないようだったから」

「それで、直接返事を聞きに来たのね」

「はい。それに、私が夜会に出るための準備もありますし」

彼女の威圧的な微笑みに〝女〟を感じる。しかし、シンシアは怯むことなく毅然と答えた。

「レナードは物じゃないわ」

「……」

「シャーリィが、今まで欲しがっていたものとは違うの。彼が誰と結婚しようが、私やあなたが決めることじゃない。レナードが、決めるの。私はレナードの気持ちを尊重したい」

「……つまり？」

「私に欲しいというのは、見当違いよ。本当にレナードの心が欲しいのなら、私にではなく、直接本人にぶつかりなさい」

「……」

「私はレナードのためにも、今夜の夜会に出ます。彼のことが好きだから」

妹からの〝お願い〟を、初めて断った。

――私は、レナードが好き。

初めて〝使命〟とは違う自分の〝感情〟で、彼のそばにいることを決めた。それはシャーリィがなんと言おうとも、揺るがない気持ちだった。そのシンシアの真剣さがシャーリィに伝わったのか、しばらく黙っていた彼女が大きくため息をついた。

「やっぱりそうでしたか」

肩を落とす素振りを見せるシャーリィに、シンシアは呆気にとられる。もしかしたら、子どものように泣いてわがままを言うのではないかと、密かに心配していた。しかし、シャーリィはそれをせず、苦笑を浮かべてシンシアをぎゅっと抱きしめる。

「シャーリィ？」

「たぶん、そうなるだろうと思っていました。いつもならすぐに私のお願いをきいてくださるお姉さまが、初めて戸惑った表情《かお》をするんですもの。なんとなく、想像はついてましたわ」

少し拗ねたように見上げてくるシャーリィの頭を、シンシアはごめんなさいと言って撫でた。やわらかなチョコレートブラウンの髪を、指で梳くように。

「しょうがないから、レナードさまのことは諦めてさしあげます」

シンシアの腕の中から抜け出たシャーリィが「偉いでしょう」と言わんばかりに胸を張る。このときばかりは、横柄な態度も目をつぶった。くすくすと口元で笑いながら、思ったよりも聞き分けのいいシャーリィに心から安堵した。

「でもお姉さま?」

「なぁに?」

「私、失恋してしまったの」

「……そうね?」

「この傷は、お姉さまに構っていただかないと治らないと思うわ!」

むしろ「遊んでほしい」と顔に書いてある。そんな顔で誘われたら、姉として受けないわけにはいかない。それに、今まで霧に囲まれた閉鎖的な国で過ごしていたのだ、開放的なこの国を堪能したい気持ちもわかる。シンシアとしても、シャーリィに王女としてもっといろいろなものを見てもらいたかった。

「わかったわ。今日は、シャーリィのわがままを全部聞いてあげる」

「本当!?」

「ええ。あなたから構ってほしいと言われたのよ。出来る限りのことをさせてもらうわ」

「ありがとう、お姉さま!!」

喜びを露わにするシャーリィを前に、今まで一緒に遊んだ記憶がないことに気づく。今までは、シャーリィが塔にいるシンシアのところへ一方的にやってきて、自慢話だけを残して帰っていく、というのが常だった。こうしてシャーリィから甘えるように構ってほしいと言われたのは初めてかもしれない。

「お待たせいたしました」

そこで、紅茶を淹れて戻ってきたロッティが部屋に入ってきた。二人でソファに座り、ロッティの淹れてくれた紅茶を飲む。ほっと落ち着いたところで、シンシアはシャーリィに身体を向けた。

「それで? まずは、どんなわがままで私を困らせてくれるのかしら」

ティーカップをソーサーに置いたシャーリィが、楽しげに答える。

「お姉さまと一緒に、街に行きたいわ!」

「街へ……? これから?」

「はい!」

そうはいっても、あと数時間もすれば夜会が始まる。レナードからも外出禁止だと、アルフレッドに言伝をするぐらいだ。シンシアも自分の立場をわかっている。そう簡単に頷くことはできなかった。

「でもね、シャーリィ……」

「城へ向かう途中、街中でお姉さまに似合う髪飾りを見つけたんです。それを私にプレゼントさせてくださいな。今夜の夜会に、ぜひつけていただきたいのです！」

しかし、シャーリィがここまで言うことは滅多にない。できればそのわがままを叶えてやりたかったのだが、まだ首を縦に振ることはできなかった。

「……そうねぇ。では、レナードに外出していいかどうか確認をとってくるわ」

そうすれば、シンシアも安心してシャーリィと一緒に出かけることができる。自分でも良案だと思ったが、彼女はふふんと得意気に鼻をならした。

「ご心配には及びませんわ！　私がレナードさまから外出の許可をもらっております」

さすが、自分の思うとおりにしなきゃ気がすまないシャーリィだ。満面の笑みで報告するシャーリィに驚きながらも、心の中では感心していた。

「そうなの？」

「はい！」

自信満々で答えたシャーリィを疑う余地はなかった。

「……シャーリィがそこまでしてくれるのなら、行かないわけにはいかないわね」

諦めたようなシンシアに、シャーリィはソファから立ち上がって喜びを露わにした。

「そうと決まったら、すぐに参りましょう。もし万が一、夜会までに戻ってこられなかったら大変ですから」

先に立ってドアに向かシャーリィの後ろ姿を見ながら、ロッティがそっとシンシアの耳元に唇を寄せる。

「……シンシアさま」

緊張を含ませたロッティの声に、シンシアは深呼吸をして答えた。

「レナードから許可をもらったと言っていたから、大丈夫よ」

真剣にシャーリィの背を目で追うシンシアを前に、ロッティもそれ以上は言わなかった。

シンシアが後ろからついてくる気配を感じなかったのだろう、シャーリィがくるりと振り返って愛らしい琥珀色の瞳を向ける。

「お姉さま、早く早く！」

「わかったわ」

「あ、でもロッティはだめよ。私とお姉さまの二人だけでお買い物がしたいんだから！」

とても機嫌がいいのか、シャーリィはその場でくるりとターンした。シンシアはロッティと目を合わせて、苦笑を浮かべる。

「あの子のわがままに全部応えると、約束してしまったの」

ごめんなさい、とロッティに申し訳なく伝えると、彼女もまたシャーリィのわがままを知っている一人として首肯した。

「それじゃ、いってくるわね」

そうして、シンシアはシャーリィと一緒に街へ出かけることになった。

★──────★──────★

妹との初めての外出は、とても楽しかった。

シンシア自身、街に出るのも初めてだったからかもしれない。目に映るものすべてが新鮮で、今までの自分の世界がどれだけ狭かったのかを実感した。シャーリィもはしゃぐようにシンシアを連れ回し、二人して足がくたくたになるまで海辺の街を楽しんだ。

陽が高い時間に城を出たのに、気づけばすっかり傾いていた。

「──たくさん歩いたわね」

「もう、足がぱんぱんですわ」

帰りの馬車の中では、シャーリィと向かい合いながら外出中にあった出来事に花を咲かせていた。あそこのお菓子がおいしかったとか、時間がなくて行けなかった気になるお店に今度は行ってみようと、約束を交わす。今まで、こういう時間をシャーリィと持ったことがないせいか、とても感慨深かった。

「本当に、この髪飾りはかわいいわね」

シャーリィの言っていたお店にも行くことができて、そこでひとつの髪飾りを買ってもらった。シンシアの瞳と同じ瑠璃色のリボンに重ねるように白いレースが縫い付けてある。それを花のように見立てたものだ。

「髪飾り……というよりも、リボンでしたけど」

「いいのよ。シャーリィが私に似合う、と私のために選んでくれたことが大事なことなのだから。それに、私はとっても気に入ったわ」

「……お姉さまの、今日のドレスにも映えますわね」

「そうね！　帰ったら早速ロッティに渡しましょう」

シャーリィとの会話も弾み、馬車に乗り込んでからだいぶ時間が経ったときに、シンシアは身に感じていた違和感を口にした。

「ねぇ、シャーリィ？　馬車に乗ってる時間……、長くないかしら？」

もう王城に着いていてもおかしくない時間、馬車に乗っている感覚だ。行きと帰りで違う道を通るとは考えにくい。王城から街までは見晴らしのいい一本道だったはず。馬車のカーテンも閉められて外が見えなかった。何かがおかしい。

「お姉さま、考え過ぎですよ」

「でも」

「それよりも、先ほどお店で買ったビスケットを一緒に食べませんか？」

わかりやすく話をはぐらかしたシャーリィの態度に、シンシアは馬車の窓辺に近づく。

「お姉さま、だめ……!!」

シャーリィの緊張を孕んだ制止を振り切り、馬車の窓につけられたカーテンを思いきり開けた。

「……っ!!」

本来ならば、海に沈んでいく美しい夕陽が見られるはずなのに、そこは薄暗い街道で、かすかに白い靄が木々の間に見える。とても王城に向かっているとは思えない風景に、シンシアは息を呑んだ。

「……どう、……いうこと？」

違う道を走っている。馬車の速度は止まらない。

たったそれだけの情報しかなかったが、それでもわかることがあった。この馬車は王城に向かっていない。シンシアは勢いよく向かいに座るシャーリィに向き直る。

「シャーリィ、今すぐ馬車を王城へ向かわせて!!」

「……」

「シャーリィ!!」

シンシアの必死な叫びに対し、シャーリィは何も答えなかった。ただ黙って唇を引き結び、小さな手をきつく握りしめている。こんなことなら、シャーリィの様子がおかしいと思ったときにもっと問い詰めればよかった。そうは思うものの、今さら後悔しても遅い。気持ちを切り替えたシンシアは、まず自分を落ち着かせるために深呼吸をした。冷静になりかけた意識の中で、水に沈めた花びらのように不安が浮かび上がる。

――夜会に間に合わなかったらどうしよう。

その不安がシンシアの気持ちをさらに逸らせ、そして答えを導き出した。

「……………夜会が、目的ね」

静かに呟いたシンシアの言葉に、シャーリィの肩が小さく揺れる。

考えてみれば、会いに来たときからシャーリィは〝夜会が花嫁のお披露目の場〟だということを知っていた。知っていたからこそ、レナードが欲しいから夜会に出るなと、シンシアに要求してきたのだ。それを断った今、彼女はあっさりとレナードを諦め、今度は夜会に行けないよう馬車を逆方向に走らせている。それはつまり、最初からシンシアを夜会に出させないのが目的だったと状況が告げていた。

シンシアが要求を断ったあとも、シャーリィは動揺せず、すぐに違う行動に移せたということは、あらかじめ計画されていたのだろう。誰かの指示によって。

「――お義母さまに、私を夜会へ出すな、と指示されていたのね」

弾かれるように顔を上げたシャーリィの瞳には、素直にも怯えの色が浮かんでいる。様子がおかしいと思ったときに覗きこんだときの不安も、そこにあった。

「やっぱり……」

シンシアは、シャーリィの背後で王妃が高笑いをしているのが見えるようだった。

『おまえを幸せになんてさせないわ。させるものか……！』

彼女は今頃、王宮の私室で狂喜で顔を歪ませていることだろう。容易に想像できる王妃の姿に、怒りよりも呆れが勝った。なぜ、そこまでしてシンシアを不幸にしたいのかわからない。けれど、一番許せないのは、妹を己の汚い計画に巻き込んだことだ。

「シャーリィ」

名前を呼ぶと、彼女は怯えるように視線を逸らした。

「今ならまだ間に合うわ。手遅れになる前に、馬車を王城へ向かわせなさい」

それでもシャーリィは頑なに返事をしない。シンシアはシャーリィの両肩を摑んで、琥珀色の瞳を覗きこんだ。

「こんな馬鹿なことはやめるのよ」

その問いかけに、シャーリィはふっと息を吐くと、逸らしていた視線を戻す。

「馬鹿なこと……？　お姉さまは、これが馬鹿なことだとおっしゃるの？」

「当然でしょう⁉　私が夜会に出席しないと両国の外交問題に発展することは、あなたもよくわかっているはずよ」

「ええ、わかっているわ。私も……、お母さまも!!」

吐き出された感情が、大きな声となって表れる。驚きに目を瞠るシンシアを突き放し、シャーリィは睨むように見据えた。

「それでも私は、真剣なの」

その真剣な表情にシンシアも息を呑み、考えつく目的を口にする。

「……まさか、お義母さまは戦がしたいの？」

外交問題が戦に発展するのは、珍しいことではない。もし、王妃の望み通り物資の豊富なランドルフ王国に攻めこまれたら、フロスト王国は終わりだ。周囲の霧が守ってくれ、一時的に凌ぐことはできるかもしれないが、彼らは新たに霧が薄い道を見つけている。そこから攻めこまれでもしたら、あっという間に占領されるだろう。捕虜にされた王族がどういった末路を辿るのか、戦とは無縁の生活をしてきたシンシアにはわからない。けれど、フロスト王国が大きな損失を被ることは目に見えていた。

自分の故郷を憂うシンシアの真剣な眼差しを前に、シャーリィは鼻で笑った。

「……あのお母さまが、国のことを考えていると思って？」

それは蔑みか、哀れみなのか。シャーリィは睨みつけるようにシンシアを見た。

「そんな気持ちが少しでもあれば、お母さまは変わらなかったわ……!!」

シャーリィの悲痛な声が、槍となってシンシアの胸を貫く。一体、シャーリィと王妃に何があったというのだろう。

「どういうこと……？」

「……最初は、前王妃さまに似ているお姉さまに勝ちなさい、と言われてきたわ。けれど、私がどんなにがんばってもお姉さま《シンシア》には勝てなかった。勉学も教養も、すべて！　そうしたら、次にお母さまは違う方法を思いついたわ」

「私から……、すべてを奪おうとしたのね」

「ええそうよ。でもお母さま、自分の手を汚すのが好きじゃないの。だから私にその役目が回ってきたわ。いい子ねシャーリィ、私のシャーリィ、かわいいわ、かわいいからこそシンシアからすべてを奪ってくるのよ。……って抱きしめてくちづけてくれるのよ。普段は滅多に私を褒めたり、抱きしめたりなんてしてくれないのに……!!　そのときだけ!!　それがどんな気持ちか、お姉さまにはわかる……!?」

　こんな小さな身体のどこに、これだけの激情があったというのだろうか。自然と溢れる涙で頬を濡らし、シャーリィは訴えるようにシンシアを見る。小さな妹の苦しみを聞きながら、シンシアの心は張り裂けんばかりだった。

「すごく……、惨めだったわ。私がお母さまの娘なのに、お母さまは他人の子のことしか考えてない。それなのにお姉さま《おねえさま》は何をされても笑って、その笑顔でまたお母さまは私を役立たずだと言って怒るのよ……!!　私が……、ちゃんとお母さまの言われたとおりのこ

とができないから、私が、悪いから……!!」

シャーリィの小さな手に力がこめられ、握りしめる手が震えていた。

その姿が、この国に来て役目を果たせなかったとレナードに泣いたあのときの自分に重なる。純潔を散らされたことによって、王女《いけにえ》としての務めを果たすことができず、生きている理由を奪い取られたような気分になったときのことを思い出した。

「……だから、……私、は、……お母さま、のために……、馬車を引き返すわけにはいかない、の……」

肩を震わせ、涙を溢れさせるシャーリィの目は〝こうするしかなかった〟と語っていた。

まだ十二歳だ。未成熟な心に母の愛は必要不可欠なのに、その母は自分《シャーリィ》の存在を認めてくれない。どれだけ認めて欲しかっただろう。どれだけ愛されたかっただろう。妹の心を思うと胸が苦しくてたまらなかった。そんなシャーリィの姿を見ながら、ようやくわかったことがある。

シャーリィは〝母親〟という存在に囚われ、そしてシンシアは――〝王女〟という役目に、囚われていたということを。

「シャーリィ……」

「お願い……、お姉さま、このまま黙って、一緒についてきて」

――お母さまのために。そう続くであろう言葉を打ち消すように強く名前を呼んだ。

「シャーリィ！」

驚き、口をつぐむシャーリィの顔を見ていたら、自然と言葉が溢れ出す。

「自由になっていいの」

どこかつかみ所のない〝自由〟という言葉に色がついた瞬間だった。シンシアは強く握りしめられているシャーリィの手に己の手を重ねて、驚きに揺れる琥珀色の瞳を覗きこむ。

「あなたには、その権利がある」

「じ、ゆう……？」

レナードから初めて〝自由〟という言葉を教わったときの自分を思い出した。シャーリィもまた、身近に感じられていなかったのだろう。シンシアだって、それがどういう意味なのか全然わからなかった。でも、これだけはわかる。

シャーリィは〝王妃の娘〟である前に、この世にたったひとりしかいない〝妹《シャーリィ》〟だということ。その心は、たとえ母親であっても自分の自由にすることはできない。シャーリィ・フロストというたったひとりの存在なのだから。

「お義母さまのために、あなたがこんなことをする必要はないわ。シャーリィがやりたくないのなら、なおさらよ」

まっすぐ、悩み揺れるシャーリィの瞳を見つめる。彼女は一度口を開いたが、思いとどまったように視線を逸らした。シンシアは、重ねていた手を離してすぅっと息を吸い込む。

「シャーリィ・フロスト！」

力強く名前を呼び、シャーリィの視線が戻ってきたのを確認してから厳しく言い放った。

「あなたの役目は何！」

「わた、しの、役目……？　私の」

少しずつ、シャーリィの揺れていた瞳がしっかりしてきた。何かを思い出したような煌めきを瞳の中に見出したシンシアは、彼女からの答えを信じて待つ。やがてシャーリィは目にたまった涙を袖口で拭った。

「私は……、シャーリィ・フロスト。フロスト王国第二王女」

はっきりとした口調で自分の名前を口にしたシャーリィに、シンシアは静かに告げる。

小さな妹に両腕を伸ばして。

「いいえ、私の大事な妹《シャーリィ》だわ」

微笑みを浮かべて、驚きに目を瞠るシャーリィをこの腕に抱いた。

「そして、あなたの役目は幸せになることよ」

シンシアが強く抱きしめると、シャーリィが縋りつくようにぎゅっとシンシアのドレスを握りしめたのがわかった。

「……て」

小さく震える声に、放すものかと腕の力を強くする。

「……めて、停めて……!!　馬車を、停めてぇぇぇ!!」

悲痛な叫びが、馬車内に響く。それが馬を駆る御者に果たして聞こえているのかどうかはわからない。が、シンシアは少しでも自由を自分で勝ち取ったシャーリィの頭に唇を押しつけた。シャーリィは肩を震わせて嗚咽をもらし、シンシアはその背中をあやすように撫でる。そして甘い言葉といたずらな感情によってシャーリィを振り回した王妃に、心が震えるほどの怒りを覚えた。こんな感情は初めてだった。

「……っ、ご、ごめんなさい。今、馬車を停めるよう、ちゃんと……っ」

停まらない馬車に状況を理解したシャーリィが、涙に濡れた顔を上げる。――そのとき、馬のいななきとともに、馬車が勢いよく停まった。大きく揺れる馬車の中で、シャーリィに怪我がないよう、離れようとしていた彼女をシンシアはぎゅっと抱きしめる。

幸い、背中を打った程度で特にこれといった怪我にはならなかった。腕の中のシャーリィも顔を上げてシンシアに気遣う視線を送ってくる。

「私は大丈夫よ。それより、これから先の予定はどうなっているの?」

「……それが、私にも馬車にお姉さまを乗せてほしいとしか言われてなくて」

戸惑うシャーリィの表情に、シンシアは嫌な予感がした。杞憂であるようにと祈りながらシャーリィを抱きしめていると、ふいに馬車のドアが開かれる。入り口にいるのは、御者だった。

「お怪我はございませんか?」

「……え、ええ」

「それはよかった。先ほど、動物の死骸を踏んでしまったので、ちょっと馬車の車輪を見たいのですが、降りていただいてもよろしいでしょうか……?」

そう言われてしまうと、外に出なければいけない。まず先にシンシアが降り、それからシャーリィの手を取って馬車から降りる手助けをした。すると、馬車を囲む木々の後ろから、ゆっくりと品のない男たちが出てくる。

「……」

ぞろぞろと姿を現す男たちにあっという間に囲まれてしまった。

シンシアたちが降り立ったのは、様々な木で囲まれた森のようなところだ。警戒しながらも周囲に目配りすると、馬車の後ろに田舎道が見える。きっとあの道を通ってきたのだろう。それ以外に、情報になるようなものは見当たらなかった。薄暗く、不気味な雰囲気の中、男たちに囲まれている。怯える妹を自分の背に隠すようにして、そっとシャーリィを庇うように前に立った。

「お姉さま……」

「大丈夫、私がついてるわ」

馬車に揺られた時間や、周囲に霧が見えないことから、恐らくまだランドルフ王国だろう。しかし、不思議にも肌にまとわりつく空気からどこか祖国の香りがする。先ほど鼻先をかすめた風からも、それを感じられた。

――もしかして、国境のあたりかしら……？

ある程度、頭の中で場所を絞り込んだシンシアは、先ほどの御者を呼ぼうと前輪のほうに顔を向けた。しかし、彼は怯えた様子を見せず、下卑た表情を浮かべている。

「……そう、そういうこと」

「何がでしょうか？　お姫さま」

「そこにいる野蛮な方たちとお知り合いなのね、という意味よ」

「あー、お姫さま、それはだめだ。賢い女は妬まれる……。それに、かわいくない。女はこう、少し頭が弱いぐらいがちょうどいい」

御者は、持っていた抜身の短刀をちらつかせた。

「そのほうが、寿命も延びるぜ？」

嬉しそうに短刀の切っ先を指先で軽く叩く。男のまとわりつくような不快な声に、眉間に皺を寄せはしたが、怯えている様子などおくびにも見せなかった。ただ毅然と、凛とした姿勢を保つ。

「狙いは……、私ね？」

静かに告げると、背後のシャーリィが息を呑んだ。男は大仰に両手を広げ、わざと大きな声を出す。

「俺の話聞いてましたぁ？　賢い女は、よくないって話」

「くだらない前置きを聞く時間は、私にはありません。あなた方の依頼主が何を依頼したのか知りませんが、取引をしませんか？」

シンシアの提案に、男は怪訝そうな顔をした。

「取引……？」

「ええ。私が狙いならば、好きなようにしてくださって結構です。ただし、妹の命だけは助けていただけますか？」

「……っ、お姉さま!?」

「ああ、なるほどね。……でしたらご安心を。はなから、そこのおちびちゃんには手を出さない約束だ」

「それだけ聞ければ安心だわ」

「お姉さま!!」

「それで、私をどうするつもり……？」

シャーリィの声に答えず、シンシアは一歩前に足を踏み出す。そして、後ろにいるシャーリィに告げた。

「シャーリィは、馬車の中にいなさい」

「だったらお姉さまも一緒じゃなきゃ嫌!!」

叫ぶようにシンシアのドレスにしがみつくシャーリィに、シンシアの胸が張り裂けそうになる。

「はいはい。俺たち、そういうの求めてないから」

ぱんぱん、と手を叩いた男がつまらなそうに言い、違うところから別の声が飛ぶ。

「いいから、さっさとこっちにこいよ。おひめさま」

野太い声に品のない含みが混ざる。そのあまりの不快感に肌が粟立った。彼らが焦れている空気が伝わってくる。早く彼らの言うとおりにしなければ、と本能が働いた。シンシアがシャーリィに言い聞かせようと振り向こうとするよりも早く、その小さな身体が前に出る。

「私の……、私のお姉さまに近づかないで……!!」

その小さな身体で、庇うようにシンシアの前に立つとシャーリィは両腕を広げた。彼女の健気な行動に、周囲の男たちから口笛やからかいを含んだ笑いが返る。シンシアはすぐにシャーリィを後ろに下がらせようとしたのだが、彼女は頑としてそこから動かなかった。

「お姉さまは……、お姉さまだけは、私を叱ってくださいました。ちゃんと叱って、褒めてくれるときは褒めて、抱きしめてくれました……！　お姉さまだけなんです、私をちゃんと見てくれた人は……!!　そんな大事なお姉さまを、こんな野蛮な奴らに渡すわけにはいきません!!」

目の前にある小さな身体が、とても大きく感じた。シャーリィの素直な気持ちに心打たれたシンシアだったが、周囲の男たちからの「おちびちゃん、かっこいいな」という野次で我に返る。もう少し妹の成長にゆっくり浸りたかったが、それが難しい状況であることを実感した。

「威勢がいいのは嫌いじゃないが、おちびちゃんには手を出すなって言われてるんだよ。だから、早く馬車に乗ってくれないかな。俺たちも楽しめないだろ?」

「そうそう。おちびちゃんにはちょぉっと刺激が強いかもしれないからな」

男たちの下卑た笑い声がこだまする。シンシアは不快感に顔を歪ませ、唇を引き結んだ。

「シャーリィ、そこを退きなさい」

「嫌です、お姉さま」

「退きなさい!」

「い、嫌です……!!」

シンシアの大きな声に、さすがに驚いたのだろう。それでも震える声でその場から動こうとはしなかった。シンシアはシャーリィを後ろから抱きしめ、その小さな背中に頬をすり寄せる。

「ありがとう、シャーリィ。私は、あなたのその気持ちだけで充分よ」

「でも……、でも……っ!!」

「こうなってしまったのは、シャーリィのせいじゃないわ。あなたはなんにも悪くない。だから、安心して馬車の中にいて」

「……」

「お願いだから」

優しく言うと、シャーリィがようやく振り返ってくれた。目に涙をいっぱい浮かべて肩を震わせている。心配でたまらないといった表情で見つめてくる妹の愛らしい頬に、シンシアは手を這わせた。

「泣かなくていいの。……いいのよ」

堪えきれなかったのだろう、ふるふると肩を震わせるシャーリィが、顔をくしゃくしゃにして涙をこぼした。ぼろぼろと落ちた涙は、頬を濡らす。シンシアは、シャーリィの額にそっとくちづけ、微笑んで見せた。

「愛してるわ、シャーリィ」

「お姉さま、……お、ねぇ、さまぁ……っ」

ぎゅっと首筋に縋りついて泣くシャーリィに腕を回し、その背を撫でる。シンシアだってシャーリィから離れたくはない。けれど、妹を守るのも姉の務めだと心を鬼にする。

「――っ、やぁ……っ!」

そのとき、シャーリィを無理やり引き剝がされた。泣きながら暴れるシャーリィを、御者の男が後ろから抱き上げ、短刀をちらつかせる。

「もういい加減にしてくんねぇかな。そろそろ俺たちも……って、こら、暴れるな!!」

「お姉さま、お姉さまぁ……っ」

「妹に乱暴はしないって約束よ!」

「ああ、はいはい、わかって……いってぇ!!」

男の腕の中で暴れていたシャーリィが、短刀を持つ腕を摑むと思いきり嚙んだ。驚きと痛みでシャーリィこそ落とさなかったものの、男は手に握っていた短刀を落とす。

何も、考えていなかった。

ただ無意識に身体が動いていた、としか言いようがない。

「――逃がすな!!」

御者の声を合図に、一斉に男たちがシンシアに向かってくる。駆け出したシンシアの手には、男が落とした短刀が握られていた。これがあれば少しでも相手が怯む。それを期待して、振り回しながら男たちの間から逃げようと試みた――のだが、現実はそう甘くはない。訓練を受けているわけでもないただの王女には、この場を切り抜ける腕がなかった。

後ろからドレスの裾を踏まれ、髪の毛も乱暴に摑まれてしまえば、身動きは取れない。もがくシンシアの背後から、シャーリィが馬車の中で叫んでいる声が届く。が、何を言っているのかまでは聞き取れなかった。引っ張られた髪が痛い。

「抵抗されるのは嫌いじゃない」

後ろから近づいてきた御者の低く冷えた声が聞こえる。

「……でも、そんな短刀一本で何ができる？」

耳元に唇を近づけた御者が、馬鹿にするように言った。シンシアはその声に薄く笑うと、短刀を持つ手に力を入れる。

「こう、するの、よっ！」

御者のほうに向かって短刀を下から振り上げたのだが、動きを読んでいた彼は余裕の表情で後退した。

「あっはは。そんなんじゃかすりもしないぜ」

しかし、シンシアの狙いはそこではない。短刀を振り上げた拍子に身体を後ろにひねり、背後でシンシアのドレスの裾を踏んでいる男と自分の間にあるものに向かって、勢いよく短刀を振り下ろした。

「……おまえ……っ!!」

シンシアが反撃をするとは思わなかった背後の男が怯んで後退すれば、ドレスの裾から足は離れる。そしてその手には、シンシアの長いハニーブロンドの髪の束が握られていた。

「さしあげるわ。それを持って王妃に伝えなさい。シンシアは幸せになると」

自分の髪を自分で切り落としたシンシアは、それだけ言うと呆気にとられている男たちの間をすり抜けて光のない不気味な森へと足を踏み入れた。

短刀一本あれば不意をつくことができる。髪を無駄にしたなんて、シンシアは思わなかった。短刀を手に、足にまとわりつくドレスの裾を持ち上げて必死に足を動かす。

我に返った男たちの声と足音があたりに響き、どこから追いつかれるのかわからない。とにかく彼らが諦めてくれるまで、絶対に生きて逃げ延びてやると強い意志を持ち続けて走った。

「……っはぁ、……はぁ」

普段走ることのない貧弱な身体に、走るという運動はきつい。すぐに酸素が回らなくなり、走る勢いも衰える。頭ががんがんと痛み、足が鉛のように重く感じた。ままならない呼吸に苦しくなりながらも、諦めることはしたくなかった。心臓がどくどくと音をたて、苦しさにたまらず空を仰ぐ。そこはちょうど木々の葉が途切れた場所だったらしく、夜空を彩る星々と、皓々と輝く白い月があった。

その青白い月が、愛しい人の髪の色と重なる。

「レナー……ド……！」

それを最後に、とうとうシンシアの足は止まってしまった。

偉そうなことを言って走ってきたのに情けない。呼吸をするたび、ひゅうひゅうと喉から音がする。身体が燃えるように熱かった。もう、一歩も動けない。がくがくと震えた膝はこれ以上先に進むことができず、地についてしまった。

「……はぁー……はぁ」

荒い呼吸を整えるために何度も呼吸を繰り返すが、それについていけない心臓が痛いぐらいに鼓動していた。せめてこの息苦しさをどうにかしなければ。焦りと恐怖で負けないよう気持ちを強く持ち、前を向く。——その先には。

「——もう、終わりか？　お姫さま」

暗い木々の間から、御者の男が現れる。その後ろには、男が二人ほど控えていた。見ているだけで不快感で鳥肌が立つような笑みを浮かべた男たちは、シンシアのすぐそばまでやってきた。思わず後退するシンシアだったが、その背も何かに当たって阻まれてしまう。恐る恐る見上げると、彼の仲間らしき男が立っていた。

「悪いね。ここにもいるんだ」

恐怖に引きつった顔を正面に向けると、御者の口が妖しく弧を描く。

「俺たち全員、楽しませてもらおうか」

その直後、背後の男がしゃがみこみ、羽交い締めにされた。

「や、放して……ッ!!」

手足をばたつかせて抵抗をしてみても意味はなかった。すぐに他の二人に足首を掴まれてしまい無理やり足を広げさせられる。その間に御者の身体が入り込み、恐怖はさらに大きくなった。それでも、せめてもの抵抗として表情だけは気丈に見せていた。

「……なんだよ、もっと怯えた顔見せろよ」

「嫌よ。あなたたちを喜ばせたくないもの」

「つまんねぇ女だな。でもまぁいい、どうせあのときは泣き叫ぶんだからな」

シンシアの手から自分の短刀を奪い取った男が、その刃に舌を這わせる。月の光を浴びて妖しく光る刀身に恐怖を抱いた。そして、御者はさっきまで舐めていた短刀の切っ先を、シンシアの胸元に当てる。思わず顔を逸らすと、布が引き裂かれる音とともに胸元にひんやりとした空気が触れた。

「おお、おお。お姫さまはドレスの下に、こんなにいやらしい身体を隠していらっしゃったんですねぇ」

肌を這う下卑た笑い声に、不快感を覚える。コルセットから盛り上がる乳房に、布の感触はない。ドレスはやはり引き裂かれてしまったのだろう。自然と震える身体を感じ、これから自分に起こることから目を背けることしかできなかった。

そんな自分が情けなくて、目に涙が滲む。

「……殺して」

こんな辱めを受けるぐらいなら、いっそ死んだほうがマシだ。

絞りだすようなシンシアの声に、男たちから笑いが返る。

「ほら、見ろ、ちゃんと!!」

後ろにいる男が横を向くシンシアの顎を掴み、無理やり正面を向けさせる。すると、聖浄な月を仰いだ御者は、両手を広げて大仰に叫んだ。

「死にたくなるほどの辱めと後悔!!」

その言葉に王妃の顔が重なり、聞いていたシンシアはまるで呪いの言葉のようだと思った。冷めた気分で相手を見上げるシンシアを、気をよくした御者が見下ろす。

「それが依頼主の希望だよ、お姫さま」

嬉しそうに舌なめずりをする御者の顔が、歪んでいた。

もう、終わりだ。

シンシアはぎゅっと目をつむり、せめて自分の身体が好きにされるところを見ないようにする。目を開けたら、もうレナードに合わせる顔がないほどの屈辱を味わうのかと思うと、悔しくてたまらない。だから、目をつむった。自分が汚れていくところなど、誰が好き好んで見たいというのか。

「おやおや、何をそう目を閉じているんですかねぇ、お姫さま」

「……」

「自分が汚れていくところを見たくないってか？　……甘ったれてんじゃねぇよ!!」

苛立つ男の声に耐えながら、シンシアの心はレナードを呼んでいた。レナード、レナード、レナード。何度名前を呼んでも、彼はこない。わかっているけれども、名前を呼んでしまう。

――ただもう一度、レナードに会いたかった。

「好きなだけ穢してやるから、目ぇ開けろ……ッ!!」

怒声を浴びせられ、肩がびくりと震える。それでもシンシアは心だけは彼らに屈しないと気持ちを強く持ち、ゆっくりと目を開けた。そのとき。

「……っ」

気温が下がったのではないかと思うほどの、張り詰めた空気があたりに満ちた。その中心にいる人物は、シンシアの前で御者の首筋からシンシアの頭上にいる男の喉元めがけて長剣の切っ先を向けていた。月に照らされる、青みがかった銀髪が風で静かに揺れる。

「おまえら、誰《ひと》の許可を得て彼女に触れている」

会いたかった男が、そこにいた。怜悧な紫の瞳で男たちを見下ろしたレナードは、獲物を見下す銀狼を思わせる。

「や、やだなぁ……。剣を収めてくださいよ、ただの冗談じゃないですか……」

「そうですよ、本気でそんな……、ねぇ？」

焦る男たちの声に、レナードは容赦しない。

「退け」

何も聞くつもりはない、と言わんばかりの冷たい声だった。

「俺の我慢が続いているうちに退かなければ……」

少し剣を持つ手を動かしただけで、御者の首筋に赤い線ができ、かすかに血の玉が刀身を伝う。顔色を変えた御者は剣に触れないよう、ゆっくりとシンシアの身体から手を放した。背後の男もそれに倣って、静かにシンシアから離れる。ただ、御者だけがその場から動かなかった。

「すいませんが、これ、退けてもらってもいいですかね。退くにも退けなくて……」

申し訳なさそうに言う御者に、レナードは黙って剣を下ろした。その直後、御者が不敵な笑みを浮かべる。何か嫌な予感がするシンシアの前で、御者がレナードに見えないよう自分の身体を盾にして、手にしていた短刀を手早く持ちかえた。

「レナード……!!」

彼の名前を呼んだときには、すでに御者が振り向きざまにレナードに刃を向けているところだった。しかし。

「……っあぁ……ッ!!」

それよりも早く、レナードが動いていた。

下から振り上げた剣先は確実に御者の手を捉え、握っていた短刀が彼の血とともに宙を舞った。その場で膝を折り痛みに悶える御者を、レナードはさらに冷えた瞳で見下ろす。

「一度、死ぬか」

底冷えするような、冷えた声が聞こえたと思った直後、月光を浴びたレナードの剣が美しい直線を描いて振り下ろされる。

「……ひぃっ」

しかし、それは御者の頭上でぴたりと止まった。

「おまえの依頼主に伝えろ。たとえ彼女の髪の一本たりとも、誰にも渡す気はない、と。いいな」

「わ、わかった……。伝える、つ、伝えるから……！」

「それから、二度と彼女に手は出すな。……次はないと思え」

御者が慌ててその場に立ち上がると、もう一人の男と一緒に転がるように逃げていった。

剣を鞘に収めたレナードに見下ろされ、息を呑む。彼はシンシアの前で腰を下ろし、両腕を伸ばしてきた。

「シア……!!」

ここにいるはずのないレナードにぎゅうっと抱きしめられ、シンシアは夢ではないのかと思いながらおずおずと彼の背中に腕を回した。

「大丈夫か……？　ああ、綺麗な髪がこんなになって……」

心配するレナードの声が耳元で聞こえ、今あるぬくもりがレナードのものだとようやく実感する。

「レナード……？　本当に……レナード、なの？」

抱きしめてくる彼の腕は強く、幻だなんて思えないほど強かった。

「俺以外に、誰がシアを抱きしめるって言うんだ……！」

「でも、そんな、……夜会は……？　シャーリィは……!?」

いろいろなことが頭に浮かんだシンシアに、レナードが呆れたようにため息をつく。

「あのなぁ」

そして、勢いよくシンシアを腕の中から放すと、両頬を手で挟んだ。

「こういうときは、自分の感情を優先していい！」

「え……？」

「今にも泣き出しそうな顔して、我慢するな」

自分の顔を鏡で見ていないシンシアは、レナードの言葉に戸惑いを露わにした。まばたきを繰り返して、どうしたらいいのかと考え始める。そんなシンシアに、レナードは苦笑を浮かべてシンシアの目元にくちづけた。

「……ッ」

唇のあたたかなぬくもりがシンシアの目元に灯り、急激に目頭が熱くなる。

「怖かったろ？」

優しい、優しい声だった。

その声に、――怖かった。すごく、怖かった。

そう、心が素直に反応する。その瞬間、今まで張り詰めていた何かがふつりと切れた。

ぶわりと涙が溢れ、ぼろぼろとこぼれ落ちていく。歪んだ視界の中で、レナードが苦笑して再びシンシアを腕に抱きこんだ。シンシアも、しがみつくようにレナードの胸に顔を押しつける。無理やり征服される怖さを思い出し、今頃になって身体が震えてきた。

「うぅ……っ、こわ、か……っ」

しゃくりあげても、言葉にならない。知らない男たちに触られたところが気持ち悪くてたまらなかったのに、レナードに抱きしめられた途端、安心に変わる。レナードの腕の中で泣きじゃくるシンシアの背を、彼はしばらく子どもをあやすように叩いていた。

しかし、泣いてばかりはいられない。まだまだシンシアにはやるべきことがあった。ひっくとしゃくりあげて、レナードの優しい腕の中から抜け出ると、目元を手の甲で拭う。

「……じょ、状況は……？」

苦笑を浮かべたレナードが、シンシアの頭をがしがしと撫でてから口早に答える。

「シャーリィは無事だ。アルフレッドが保護しているから安心しろ」

言葉が出ないぐらい安心した、と、同時に力も抜ける。

「それから夜会だが……、実はもう始まっている」

「……そんな……！　じゃあ、夜会を放り出させてしまったの……!?」

シンシアが驚きを声に含ませると、レナードの綺麗な眉間に皺が寄せられた。しかも、不機嫌そうに。

「俺には、シアより大事なものはない」

それは、どういうことなのだろう。

まるでシンシアのことが好きだと言っているようなレナードの言葉に疑問が口からこぼれ落ちる。

「慣例の花嫁だから？」

その言葉に、レナードはさらに不機嫌さを増した。

「シアが何を誤解しているのか知らないが、慣例の花嫁じゃなくても俺はシアだから助けに来た」

「…………どうして？」

ただの、自然な問いかけだった。

呆然と呟いたシンシアの言葉に、レナードが今度は顔を背ける。

「ああもういい、知らん！　そんなことはあとだ、俺たちも急ぐぞ」

肩から外したマントで包まれると、レナードに抱き上げられる。膝裏と背中に彼の腕を感じ、ぴったりと寄り添うように顔を彼の胸元に寄せた。その腕の中で、盗み見た彼の耳の先が、ほんの少し赤く見えたような気がする。

第六章　相　愛

「――みなさま。大変、長らくお待たせいたしました。これから第二王子レナード殿下と、我が国の花嫁になるフロスト王国第一王女シンシア・フロストさまのご登場です」

たくさんの拍手と歓声に包まれ、シンシアは正装したレナードとともにベルベットの絨毯が敷かれた階段を下りていく。一歩、また一歩とゆっくり下りていくのだが、たくさん走ったせいで膝が笑っているため、レナードにほとんど寄りかかった状態で階段を下りていた。きっと賓客たちには仲睦まじい様子にしか見えないだろう。

「……大丈夫か？　このあとのダンス」

小声でレナードが心配してくるのを聞きながら、シンシアは必死に笑顔を作っていた。

――やはり、シンシアたちが連れてこられたのは、ランドルフ王国とフロスト王国の国境付近だった。レナードは私設騎士団を引き連れて助けにきてくれたらしく、レナードに抱き上げられて馬車まで戻ると、数名の男たちが騎士たちによって拘束されていた。そして、気がかりだったシャーリィの無事を確認したあと、シンシアはレナードの馬に乗せられて先に王城へと向かった。当然、彼のマントに包まれたままで。

『シンシアさま、ご無事で……！！』

そして待ち構えていたロッティに思いきり抱きしめられ、泣いて無事を喜ばれた。苦しいほどの腕の力に、かなり心配をさせてしまったことを詫びる。次にロッティは涙ながらにシンシアを見て、短くなった髪を嘆いたのだった。何か言われるだろうと覚悟はしていたものの、さすがに目の前で嘆かれるのはつらいものがある。それでもロッティは、数人の侍女たちと一緒に別室に入り、大急ぎで支度をすませてくれた。しっかりシンシアの髪の毛を肩ほどの長さまで整え、シャーリィからの贈り物である髪飾りのリボンをうまく使ってくれた。

「……さすがに……、足が……」

花婿であるレナードに気遣われながら一回、次期国王のルイスに膝を笑われながらもフォローをたくさんしてもらって一回、臣下への親愛の証にアルフレッドとどうにかこうにか一回、計三回のダンスだけで足は限界にきていた。今回のお披露目で必要なダンスはもう踊ったし、シンシアの〝花嫁〟としての務めは終わったはずだ。レナードが挨拶などでそばを離れた隙に、シンシアは周囲の目を盗んでバルコニーへ出た。熱気こもる室内から外へ出ると、少し冷えた風が火照った頬を撫でていく。心地よさに瞳を閉じて、しばらく風に身を委ねていた。

「——お姉さま」

小さく呼ばれて瞳を開けると、王城に戻ってきたシャーリィがバルコニーにひょっこり顔を出す。周囲を気にしながらも、赤いドレスの裾をなびかせ、さっとバルコニーに出てきた。肩が剝き出しのドレスのせいか、シンシアはシャーリィが冷えてしまわないようにと、風上に立つ。

「やっぱりシャーリィには鮮やかな色が合うわね。とっても素敵よ」

月の光に照らされたシャーリィの頰に手を添え、微笑む。シャーリィも嬉しそうに顔を綻ばせたのだが、それがすぐに悲しげな表情に変わった。

「シャーリィ？」

「……ごめんなさい」

そっと伸びてきたシャーリィの手が、シンシアの切りそろえられた毛先に触れる。シンシアはその手を優しく握り込み、ゆるゆると首を横に振った。

「シャーリィが気にすることじゃないわ。これは、私がやったことだから」

「でも……」

「それに、良かったこともあるのよ？」

「良かったことですか？」

「ええ。頭が軽いわ！」

嬉しそうに断言したシンシアに、シャーリィは目を見開いて唖然としてから、口元を緩ませた。

「……お姉さま、……わ、笑わせないでくださる……？」

口元を押さえて、くすくすと笑い出すシャーリィに、シンシアは首をかしげる。別に笑わせたくて言ったわけではない。むしろ、真剣だった。でも、シャーリィが心から笑っている姿を見ていたら、どうでもよくなってしまった。

「まぁシャーリィ、笑いすぎよ？」

ぎゅっとやわらかな妹の身体を抱きしめる。二人でくすくす笑い合っているうちに、何が原因で笑っていたのかさえわからなくなり、ただ笑っていることで楽しくなっていた。

「そういえば、シャーリィはどうして私がここにいるってわかったの？」

腕の中から抜け出たシャーリィが、目元の涙を拭ってシンシアを見上げる。

「夜会に顔を出した私に、レナードさまが教えてくださったんです」

誰にも見られてないと思っていたのに、しっかり彼には見られていたというわけだ。どこにいても彼に守られているような気がして、心の中に春の陽射しのようなあたたかな気持ちが広がる。

「……そうだったの」

「はい。それで……ご挨拶を、ちゃんとしたくて」

見上げてきた琥珀色の瞳には何かの覚悟が宿っており、シンシアの気持ちを引き締まらせる。すると、シャーリィはシンシアの前でドレスの裾を広げ、軽く膝を曲げた。

「明日、朝一で国に戻ります」

その覚悟に言葉が出なかった。できることなら、王妃のもとになど返さず、ずっとこの国で、自分のそばにいてほしいと思っていた。しかし、それは姉としてのシンシアの気持ちだ。それも王女ではなく、これから一国の王妃となるシンシアからしてみたら、シャーリィの選択は正しいものと思える。姉と王女、ふたりの自分が心の中でせめぎ合う。

「……そう」

苦しみを堪えて、シンシアは再びシャーリィを抱きしめた。

「ひとりで、平気……?」

シャーリィの小さな肩が、かすかに揺れる。

失敗してしまったシャーリィは、自国に帰るなり王妃にまた怒られるだろう。何事もなければいいのだが、国に帰ってしまえばシンシアに彼女を守る術はない。だからこそ、これからいろいろなものと向き合うだろう妹の頭を優しく撫でた。向き合う勇気が出るように、と願いをこめて。

「……本当は」

「ん？」

「本当は、怖いです」

震える声で、シャーリィがシンシアの腰をぎゅっと抱きしめてくる。

「怖くて……、怖くて、たまらないです。……でも」

腕の中にいる妹が顔を上げ、じっとシンシアの瑠璃色の瞳を見つめた。

「お姉さまが、私にはいます。いつだって、どんなときだって、私を叱ってくれたお姉さま、私を抱きしめてくれたお姉さま。大好きなお姉さまが、私にはいます」

「……シャーリィ」

「だから、お母さまにも、私がいることをちゃんとわかってもらおうと思います。お父さまと一緒に」

泣き濡れた瞳が、月の光を浴びてきらきらと輝いて見える。それを見ながら、シンシアはふと、希望という色は、シャーリィの瞳の色に似ているのかもしれない、と思った。胸に迫る熱い気持ちを堪えて、シンシアはシャーリィの頭を撫でた。

「それで、お姉さまの髪が元の長さに戻るころには、お母さまとお父さまを連れて、会いにきますね」

「……そう、それはとても……幸せなことだわ」

「ええ、その幸せを叶えるために、私は国に戻るのです。だから、お姉さまは、レナードさまと幸せになってくださいね。それを、私と約束してくださる？」

シャーリィが、穏やかに微笑む。シンシアはもう堪えきれない涙をはらはらとこぼし、妹の両頬を挟むと、額に自分のそれを重ねた。

「ええ。約束。……約束よ」

月明かりの下で行われた涙の約束は互いの〝幸せ〟を願うものだった。

「それからお姉さま。最後にわがままを言わせて？」

額を離したシンシアを見上げ、シャーリィは目元の涙を手の甲で拭う。

「見送りは、しないでほしいの」

「……じゃあ、今夜が……最後？」

淋しげに微笑むシャーリィの瞳は、素直に「まだいたい」と告げている。しかし、その奥に見える揺らがない覚悟に、シンシアもまた心を決めた。

「………わかったわ」

「ごめんなさい、お姉さま……」

「いいのよ。本当はとってもとってもとっても見送りたいのだけれど、お姉さまが我慢してあげるから」

シャーリィの口調を真似して言うと、彼女は目を何度も瞬かせてから、くすくすと笑う。

「まぁお姉さま、口調がとっても横柄ですわ」

それから互いに顔を見合わせて笑い始めた。こんなにもシャーリィと笑い合える日がくるとは、かつてのシンシアには想像もできなかったことだろう。そして、こうしてシャーリィと笑い合えたのだ、きっと王妃ともぎこちなくではあるけれども、笑える日がくるだろう。それを、この小さな妹が思わせてくれる。それだけで、シンシアはよかった。

「――仲が良いのはいいことだが、いい加減に俺の相手もしてくれないか。シア」

やわらかな声に、顔を見合わせたシンシアとシャーリィは、二人揃ってバルコニーのドアを見た。そこには、ドアに背中を預けるレナードの姿があった。すぐに離れようとしたシャーリィを留めるように、シンシアが抱きしめる腕に力をこめる。

「だって、明日には会えなくなるんですもの」

「じゃあ俺と明日には会えなくなったら、シアはいつまでもそうやってくれるのか？」

意地悪く微笑むレナードに、心臓が大きく跳ねた。

「い、妹とレナードは違います！」

「へぇ？　どう違うのか、今夜たっぷり教えてもらおうか——ベッドで」

「レナード！」

妹もいるのだから、発言には気をつけてほしいと叱責するが、彼は素知らぬ様子で平然と手を差し出してきた。

「ほら、こい」

シンシアが困ったように腕の中にいるシャーリィを見下ろすと、妹は口元を綻ばせて声を出さずに唇を動かす。

——やくそく。

『お姉さまは、レナードさまと幸せになってくださいね』

先ほど交わしたシャーリィとの約束が蘇った。妹に背中を押してもらうというのも照れくさいが、シンシアは最後にもう一度だけぎゅっと妹を抱きしめてから、レナードの手を取った。

その様子を眺めていたシャーリィは、幸せそうな姉の笑顔を見ながら人知れず息を吐く。

「レナードさまのあの様子じゃ、朝一の見送りはやっぱり無理そう。最初から断っておいてよかったわ」

仲睦まじい姉と未来の義兄になるレナードを見て、呆れたようにつぶやいた。なぜ、シャーリィが〝わがまま〟だと言って見送りを断ったのか、本当の意味などわからないシンシアが何かを思いついたように振り返る。

「踊りましょう、シャーリィ！」

その隣で、不機嫌に眉間に皺を寄せたレナードを見なかったことにして、シャーリィは微笑んだ。

「はい、お姉さま……！」

そして、差し伸べられたシンシアの手をとるために素直に駆け出す。

夜のバルコニーからきらびやかな世界に連れだしてくれたシンシアの手を握ったシャーリィは、光の中に幸せな情景を見た。それは〝幸せの約束〟が果たされ、みんな揃って笑顔で再会している姿だった。どこか病的に虚空を眺めていた母がはにかむようにぎこちなく笑い、そんな母を片腕に抱いた父が横からシンシアを抱きしめるシャーリィとシンシアの頭を交互に撫でていた。そして、シャーリィがシンシアの腕の中を覗きこむと、レナードによく似た子が――。

「シャーリィ？」

どうしたの？

と、顔を覗きこんでくるシンシアの声で我に返った。一瞬だけ見えた不思議な光景に目を瞬かせ、言葉にならない幸せがこみあげる。じんわり滲んだ涙をシンシアに気づかれないよう、なんでもないと首を横に振ると、わざと横柄な態度を取った。

「なんでもないですわ！　それよりも、私の足を踏んだらただじゃおきませんからね」

シンシアの手を取り、ダンスの中に入ったシャーリィの胸に、叶えたい〝願い〟が星のようにひっそりと輝いていた。

★——★——★

「——レナード……、あの、どういうつもり？」

シャーリィとのダンスを思う存分楽しみ、浴室から上機嫌で寝室に戻ってきたシンシアは、珍しく先に戻っていたレナードに両手を摑まれ——あっという間に縛られた。そして驚くシンシアを抱きかかえたレナードによって、ベッドに寝かせられたのだった。

「どういうつもりも何も、仕置き、だが？」

だからなんだ、と言わんばかりに見下ろしてくるレナードが、シンシアのナイトドレスの裾を捲り上げる。

「っ、ちょっと、レナード……!!」

ナイトドレスの下はいつもと同じで何も身につけていない。それなのに、レナードが腰まで裾を上げるのでシンシアの秘所が丸見えだ。恥ずかしさのあまり、足を閉じて膝を折り曲げる。

「何？」

不機嫌に言った彼は、髪をかきあげた。はらりと額に落ちる青銀の髪が、月の光を浴びて艶やかに光沢を放った。いつもと違う不機嫌な雰囲気を纏ったレナードに、シンシアの胸が妙に高鳴る。ナイトガウンから覗く胸元、すらりと伸びた首筋、そして獲物を見つけたように煌めく紫の瞳。そのすべてが、彼を〝男〟にさせていた。

「シア？」

改めてレナードを〝男〟だと意識したら最後、心臓の鼓動がさらに速くなる。まばたきを繰り返して、シンシアは動揺を悟られないよう努めた。

「………何、する……の？」

恐る恐る問うシンシアに、レナードは静かに告げる。

「だから、仕置き、だと言っただろうが」

そして、シンシアの両膝を手で摑んで無理やり広げた。いきなりのことで声をあげる暇も与えてはもらえなかった。戸惑うシンシアの秘所が、レナードの目の前に晒されている。その事実で、シンシアの頰は真っ赤に染まった。はしたない格好だけでも恥ずかしいのに、さらにそんなところを見られてしまい、どうしたらいいのかわからなくなる。閉じたくても、内腿を手でがっちりと押さえられているため、閉じることもできなかった。

「や、やめ、レナード……ッ」

徐々にシンシアの秘所へと顔を近づけるレナードを止めたくて声をかけるが、彼はやめる素振りすら見せなかった。

「そんな声を出してもだめだ」

しゃべった吐息が蜜口を軽く撫でていく。彼に見られているというだけで、奥から何かが溢れる感覚がした。そもそも、まだあの行為に慣れていないというのに、いきなり秘所をまじまじと見られて平気なわけがない。

「見ないでぇ……ッ」

涙声で懇願するも、レナードは恥ずかしがるシンシアをさらに辱めようとしているのか、意地の悪い笑みを浮かべた。

「ただ見ているだけなのに、濡れてきたぞ……？」

「!?」

「シアは、乳首といいココといい、見られるだけで感じてしまうんだな」

「ち、違……っ」

「違わない。……ほら、息を吹きかけただけで、蜜が……」

「やぁ……っ、それ以上言わないで……!!」

「大丈夫。どんなにシアがいやらしくても、俺は嫌いになったりはしないよ？」

優しい声が、あやすようにシンシアを包み込む。そのままのシンシアを受け入れようとするレナードの声に、甘い吐息を漏らした。ベッドに沈み込む身体を感じ、羞恥で硬くしていた身体から、緊張とともにいくばくかの力が抜ける。

「だから」

その直後、シンシアの内腿に舌を這わせるレナードが、獰猛な狼へと変わった。

「――おとなしくしていろ」

ぴちゃり。ぬるりとした何かが蜜口を這っていく感覚に腰が浮く。

「……ッ、あぁ……!!」

剝き出しにされた花芽をやわらかい何かでくすぐられ、ようやくそれが彼の舌だということに気づいた。ぴちゃぴちゃと、そこを舐める音が寝室に響く。

「や、だ、め……っ、汚い、からぁ……っ」

蜜口をレナードの舌先が舐め、足を押さえていた手が花芽をこする。何がなんだかわからない快感の中で、シンシアは喘ぐようにレナードの名前を呼び続けた。それでも彼は止まらない。蜜口から、ぷっくりと膨れ上がった花芽を舌先でくすぐられるたびに、はしたない声があがった。

「や、ぁああっ」

「ああ、なんだ。もう溢れてきた」

ちろちろと舌先で転がされたかと思うと、今度は勢いよく吸われたり、しゃぶられてしまう。かと思うと、舌先がナカに入ってきて隘路《あいろ》を潤した。

「ッ、あぁ、ぬるぬる、する……っ！」

彼の熱とは違う舌の感触に、ナカが震え始め、聞くに堪えないほどのいやらしい水音がシンシアに羞恥を与えた。

「も、やめ……ッ」

レナードの舌が引き抜かれても、彼の指が代わりにナカに入ってくる。肉壁をこするようにゆっくり入ってくると、蜜が溢れる感覚がした。

「どんどん締まってくる……。気持ちいいんだな」

「あ、あ、あっ」

指が出たり入ったりを繰り返すたびに、甘い痺れが身体に走って声があがる。

「それに、本当に嫌だったら逃げることだってできる。この間のようにしっかりしたものではない、ただのリボンだ」

そんなことを言われても、仕置きだと言われたら、逃げるものも逃げられない。彼の気がおさまるまでは縛られたままでいたほうがいいと思っていた。

だって、――彼は、逃げてもいい、とは言っていないのだから。

「……はぁ、……っはぁ、あぁ――ッ」

ときおり花芽を強く吸われて、雷のような痺れが走る。レナードの舌先と指淫によって蜜口をぐずぐずにされたシンシアは、薄い絹に包まれたようなやわらかい快感に包まれていた。理性はすでに快楽の海に溺れ、使い物にならない。

「レナー……ド」

名前を呼ぶたび、そこではない〝心〟を触れてほしくなる。

彼の吐息を感じるたび、快感ではない淋しさを覚える。

抱きしめてくれた腕のぬくもりや優しさを求めて、もう一度彼の名前を口にした。

「レナード……ッ！」

叫ぶようなシンシアの声に、ようやく耳を傾ける気になったのか、レナードが身体を起こす。ぐずぐずに蕩けてしまった身体を起こすことができないシンシアは、足元にいる彼の顔を見ることさえできなかった。

「……さみ、しい」

一方的に与えられる快楽では、心は満たされない。

快感を身体に教え込まれるたびに、心が淋しさを訴え、それが涙となってシンシアの眦からこぼれ落ちた。

「淋しいの……。顔が、見えないのは嫌……、肌に触れられないのが……嫌」

ふたりでするはずのものが、ひとりでしているような気分だった。

「レナード、お願い……。私が悪いことをしたなら、ちゃんと謝るから……」

縛られた両手首で顔を隠すようにして泣く。ぽろぽろと落ちていく涙はリネンを濡らし、淋しさを訴える心は震えていた。

「お願いだから……、意地悪、しない、で……」

涙に濡れる声で懇願すると、レナードがゆっくりと息を吐く。涙で濡れた視界ではよく見えなかったが、衣擦れの音が聞こえ、ベッドが軋んだ。彼がどこかに行ってしまうのかもしれないと不安に駆られるシンシアの耳に、リボンを解く音が届く。はらりと落ちたリボンの感触で両手が自由になったと思ったら、その手を摑まれ引き起こされた。

「……っ」

そして、焦がれていた愛しい人の腕の中に閉じ込められる。

鼻先をふわりとレナードの香りがかすめ、背中に回った手があやすようにシンシアの背中を叩く。胸元に頬をすり寄せれば、レナードの鼓動が聞こえた。冷えたシンシアの肌をあたためるように抱きしめる彼の優しいぬくもりに、涙が滲む。

――ああ、レナードだ。

彼の優しさの中でようやく安心を見つけられたシンシアは、もっとレナードを実感したくて腰に腕を回す。ぎゅぅうと抱きしめて、ぬくもり、香り、彼の存在を確かめるように、彼の胸に頬をすり寄せた。ずっとずっと、欲しかったぬくもりを堪能する。

「レナード……」

「ん？」

「私、あなたに触れられないのがこんなに嫌だったなんて、知らなかった」

足りない、とでも言うようにシンシアはさらに抱きしめる腕に力をこめた。すると、背中をあやすように叩いていた手がぴたりと止まる。

「……俺は、シアに二度と触れられなくなるところだった」

ぽつりと落ちたレナードの言葉で、弾かれるように顔を上げた。彼の表情は無表情に近い。思わず彼の腕の中から抜け出すが、かける言葉が見つからなかった。

寝室の二人を静寂が包み込む。やがて――。

「また、死を望んだだろ」

静かな声が静寂を破った。

「レナード、聞いて……ッ!?」

驚きを露わにするシンシアに、レナードはふぅ、と小さく息を吐いた。

「やっぱりな」

「え……？　き、聞いてたわけじゃ……、ないの？」

「俺がシアの髪を辿って駆けつけたときには、怒声を浴びせられていた」

レナードが短くなったシンシアの髪に指を絡めながら、苦しげに顔を歪める。

「どうして、君は肝心なところで自分をないがしろにする。国の生贄に決まったときも、熱を出したときも今回も……!! どうして俺に頼ってくれない。……俺が、アルから……、アルフレッドから報告を受けたときの気持ちがわかるか……?」

一度、言葉を区切ったレナードの吐息はかすかに揺れていた。

「心が……、凍りつきそうだったんだぞ……っ」

振り絞るようなレナードの声に、心が締め付けられる。

「少しは……、心配するほうの身にもなってみろ」

彼の言葉を聞きながら、シンシアは確かに相手の身になって考える気持ちが欠けていたことに気づく。もう少しシャーリィの気持ちになって考えてみれば、もっと早くに妹を止めることができたかもしれない。それに、もっと言えば王妃の気持ちに少しでもなれていたら、彼女に寄り添えることができたのかもしれない。それは机上の空論でしかないが、シンシアの心ひとつ、思いやりひとつでできたことだ。彼の気持ちに立ってみてもそうだ。

「……私が死んだらレナードに迷惑をかけるどころか、もしかしたら両国の戦争にまで発展していたのかもしれなかったわね。……ごめんなさい。配慮が足りなくて……」

自分の未熟な部分に反省しながら素直に謝ったのだが、レナードは不愉快そうに眉間に皺を寄せた。そして、これみよがしにため息をつく。

「……鈍感、……というか人の気持ちがわからないにもほどがあるだろ」

「え？」

「俺は、そういうことを言ってるんじゃない。シアが、大事だということを話してる」

「え、ええ、わかってるわ。私はこの国の慣例の花嫁なのだから、その自覚を持てということでしょう？」

「まったくわかってない」

「そんなことない、ちゃんとわかってるつもりよ？」

「いいや、わかってない！」

その瞬間、レナードの唇が押しつけられる。黙れと言うように唇を深く塞がれて、シンシアは驚きに目を瞠った。激情を伝えるようなくちづけに、身動きが取れない。

まばたきを繰り返すシンシアからゆっくりと離れていく唇が、苦しげに言葉を紡ぐ。

「……全然、わかってない」

レナードが静かにシンシアの手を取り、その手のひらを己の胸に押し当てた。そして、切なげに眉根を寄せたレナードに顔を覗きこまれる。

「俺が、シアを苦しいぐらいに好きなことを」

その声に、表情に、言葉に、――時間が止まった。

「……好き、なんだ。シアを想うと、好きで好きで、苦しくてたまらなくなる……」

己の想いを苦しげに吐き出したレナードが、シンシアの肩に額を預ける。肩に感じる彼のぬくもりに、シンシアの心臓までもが苦しいぐらいに締め付けられた。

「……え？　好き……？　好きって、レナードが？」

「そう、俺が、シアを」

「好き？」

「そうだって言ってる」

「幼なじみとしてじゃなくて……？」

「女としてに決まってるだろ」

「……慣例の花嫁だからじゃなくて？」

呆然と繰り返すシンシアの声に焦れたレナードが、勢いよく顔を上げた。

「俺は、シンシアだから好きになったんだ！」

真剣な眼差しがシンシアを射抜く。その頰は、ほんのり赤かった。シンシアは、その頰に向かって手を伸ばす。

「……レナード、照れてるの？」

「…………あのなぁ、シア。俺は真剣に――」

――ほろり。

それはあまりにも唐突だった。

「あ、あれ……？」

戸惑うシンシアの瑠璃色の瞳から、ほろほろと涙が頬を伝っていく。

「違うの。あの、どうしちゃったんだろ、私……」

しかし、涙は止まらない。頬を伝い、落ちた涙がナイトドレスを濡らしていく。驚くレナードに誤解を与えないよう、シンシアは戸惑いながらも自分の気持ちをたどたどしくも言葉にしていった。

「私、これでも自分の立場はわきまえてるつもりよ？　慣例の花嫁だってわかってる。だから、私はレナードのことが好きでも、あなたの気持ちを求めたらいけないんだって……、心のどこかでそう思っていたの。それで今……レナードが私のことを好きって聞いて、どういう好きなんだろうって考えたわ。だって、同じじゃないもの。レナードの好きと私の好きは違うって……。でも、……その好きが、私と同じ好きだと思ったら……、すごく嬉しくて……」

静かに、レナードの手がシンシアの目元を拭う。ぼろぼろと落ちていく涙の先で、レナードが微笑んでいた。

「……溢れたのか」

「え？」

「幸せが」

胸に広がる優しい感情に、心がいっぱいになる。再び涙をぼろぼろとこぼすシンシアを、レナードは腕の中に抱きこんだ。

「シアは、本当に昔から俺の話を聞いてないんだな」

ため息混じりに言うレナードに、思わず首を傾げる。

「俺、最初に求婚しただろ？　……好きって言ったら結婚してやるって」

かつての幼い彼の言葉が、脳裏に蘇った。シンシアが驚きながらも、そっとレナードを見上げた。

「…………あれ、本気だったの？」

「この不毛なやりとりでさえも愛おしいと思うぐらいには、シアをずっと想ってきた。予想どおり、シアは本気にしてなかったけれど、俺はそのときから本気だった」

真剣なレナードの声に息を呑む。

「だから再会したあの日、シアを迎えに行こうと視察終わりのその足で話をつけにフロスト王国へ行ったんだ」

「……じゃあ、あのとき私に話があるって言ったのは……」

「改めて求婚するためだよ。こっち《ランドルフ》はもうシアを迎え入れる環境が整っていたからな。それで国王陛下にシアを花嫁として迎えたい旨を伝えたんだ……、それなのに、シアは俺じゃない得体のしれない何かと結婚することが決まってた」

「……」

「だから、無理やり俺のものにして、連れてくるしかなかったんだ」

申し訳なさそうに、レナードがシンシアの頬に手を添える。

この手は、いつだってシンシアに優しかった。この手に連れだしてもらえなかったら、シンシアは今も己の心を殺して生きていただろう。そして、何も知らないまま日々を過ごしていたと思う。本当に人を想う気持ちも、妹の苦しみも、義母の闇も。

すべて、この手が、彼が教えてくれた。


「――すき」


彼の手に頬をすり寄せて、シンシアは胸に広がる甘い気持ちを言葉にした。その想いに応えるように、レナードは嬉しそうに微笑んだ。

「俺も……、シアが好きだ」

そして彼は、シンシアの唇に触れるだけのくちづけを贈る。

その瞬間、――心が、甘く震えた。

「レナー……んっ」

名前を呼ぶことを許さないレナードは、何度も角度を変えてくちづけていく。その合間に、レナードのもう片方の手が頬に添えられ、両頬を彼のぬくもりで包まれた。

「……ん」

優しく、ゆっくりと、ぬくもりを分けるようなくちづけが、少し深いものに変わった。唇を食むように、彼の唇が触れてくる。やわらかい唇をたくさん感じて気持ちがよかった。ときおり聞こえる唇の音と彼のこぼす吐息が、甘い気持ちを連れてくる。唇から溶けていくような感覚を味わいながら、シンシアの中で〝もっと〟が、溢れ出す。

もっともっと。もっとちょうだい。

くちづけを強請るように、自然とレナードの首の後ろに腕を回していた。

「……ん、――んんんっ!?」

しかし、知らない間に体重をかけていたのだろう、ゆっくりとレナードが背中から倒れていき、シンシアがレナードを押し倒している状態になってしまった。

「だ、大丈夫？　レナー……ド……」

シンシアが慌てて顔を上げると、窓から差し込む月の光に照らされたレナードの髪が、ベッドの上に散らばっていた。それは、星が瞬く煌めきのようにきらきらと輝き、シンシアの目を釘付けにする。

「……きれい」

ふと、こぼれた称賛に、レナードは口元を綻ばせた。

「本当だ」

シンシアの短くなった髪にそっと手を差し込んだ彼が、丁寧に梳いていく。

「月のようだな」

「……月？」

「ああ」

にっこり微笑んだレナードの笑顔に、それが自分のことなのだと気づいたシンシアは、顔を真っ赤にして首を横に振った。

「ち、ちが、私はレナードのことを……！」

「わかってる。でも、俺は月に照らされるシンシアが綺麗だと思った」

恥ずかしげもなく褒めるレナードの言葉と微笑みが、甘い。まるで甘やかされているような気分になって、どうしたらいいのかわからなくなる。少なくとも、シンシアの知っているレナードは、こんなに甘ったるい男ではなかったはずだ。

「……あんまり……、恥ずかしいことを言わないで」

「無理。今夜は甘やかしたい気分」

「……ッ!?」

「ほら、赤面してないで、続き」

髪を梳いていた手を頬に這わせたレナードは、強請るようにシンシアの唇を指先でなぞる。指の腹がいやらしく唇を辿り、吸い寄せられるようにシンシアはレナードの唇に触れた。シンシアからするぎこちないくちづけに、レナードはどこか嬉しそうだった。

「唇舐めて」

少し戸惑いながらも、おずおずと舌先を出したシンシアは、レナードのやわらかい唇に触れる。遠慮がちに唇を舐めると、それを褒めるように、彼は頭の後ろを撫でてくれた。

「ん、気持ちいい。……でも、こうするほうがシアは好きだろ？」

首の後ろをぐっと引き寄せられて、くちづけを深くされる。咥内に入ってきた彼の舌に絡め取られてしまえば、気持ちよくて力が抜けてしまう。

「……シアは本当にくちづけが好きなんだな」

レナードが、唇をつけたまましゃべる。唇だけじゃない、その声だって好きだ。そう言いたい唇を、大好きな人の唇で塞がれてしまい、反論なんてできなかった。

「ほら、口開けて？　もっと深いのしよう」

誘われるままに口を開けると、すぐにレナードの舌が入り込んでくる。

「ん、んぅ……っ」

搦めとられた舌を吸いあげられ、ちゅぅ、と吸われた。腰骨のあたりがぞくぞくして、また力が抜ける。舌先からは甘い痺れが走り、互いの体温を吸い合った唇は蕩けそうなほどの快楽に染まった。

「……ッ」

くちづけに夢中になっていたシンシアの太ももを、レナードがナイトドレス越しに撫でてくる。肌に触れる絹の布地から、彼のぬくもりが伝わってきてぴくりと肩を揺らした。

「こら、……続けて？」

シンシアは、何度かしてきたレナードとのくちづけを思い出しながら、彼の唇を舌先で舐めたり、唇で食んだりする。やがてシンシアからぎこちなさがとれたころ、レナードがナイトドレスの裾を捲り上げていた。

「ゆっくり身体を起こして」

唇から蕩けそうなほどたくさんのくちづけをしていたせいか、頭が思うように働かない。ぼんやりするシンシアは、レナードの甘い声に導かれるようにして身体を起こす。その際、何かから首を引き抜いたのを感じて首をひねった。

「………あ、れ？」

ぼんやりした視界の中で、レナードがシンシアのナイトドレスをベッドの下に落とすのが見えた。おかしい。あれはついさっきまで自分が着ていたものだ。それを彼が持っていたということは、つまり――。

「……っ!?」

レナードの上ですっかり裸体を晒していることにようやく気づく。

「いい眺めだな」

「や、やだ、レナード、恥ずかしい……っ」

「今さらだろ」

嬉しそうに微笑むレナードの両手が、ゆっくりと伸びてくる。その手は、ふたつのふくらみを下から持ち上げるように包み込むと、そのやわらかさを楽しむように指を動かした。

「や、やぁっ」

やわやわと揉みこまれ、腰のあたりから快感が走る。髪を揺らし、こらえきれない声を抑えるように手で口を覆うが、彼の指から与えられる快感は増すばかりだった。

「んっ、んんぅっ」

「かわいい声を俺に聞かせてくれてもいいんだがな」

きゅむ。声を出せと言うように、ふたつの乳首をつままれたら、もうだめだ。背中がのけぞり、とうとう手が口から離れる。

「っぁあぁん」

「ん。やはりかわいい」

満足気に微笑むその笑顔は、とてもいやらしいことをしているとは思えないほど爽やかだった。しかし、その手は大変いやらしくシンシアの快感を引き出していく。勃ちあがっている乳首を指先でこねたり、弾いたりを繰り返し、さらに硬くしていった。

「や、ぁ……、だめっ」

「何がだめなのかわからない」

「気持ち、よく、……なっちゃ……っ！」

「なってほしいからしてるんだよ」

指先で乳首を揺らされると、甘い痺れが全身に駆け巡る。身体の奥から何かが溢れてくる感覚に、思わず太ももに力を入れるのだが、レナードの腰をまたいで座っているため、膝をこすり合わせることもできない。

「シア、シア？」

甘い声が名前を呼ぶ。快楽に侵され始めた頭にはレナードの声しか入ってこなかった。

「ここに手をついて、腰上げて」

レナードの頭の横に両手をついて、言われたとおりに腰を上げる。彼の上で四つん這いになったシンシアは、その胸の先端がどこにあるのかさえわからないほど、思考が蕩けていた。

「いいこだ」

レナードの声が少し下から聞こえ、その吐息が乳首にかかってから自分の状態に気づく。

「あ、あ、だめ、レナード、それは……っ、あぁっ」

舌先で乳首をちろちろ舐められ、全身が震えた。舌で絡め取られてちゅくちゅくと吸われると、喉を反らせてはしたない声もあがる。四つん這いになっているから手で口を覆うこともできず、ただ乳首を舐めしゃぶられる快楽に必死にこらえていた。レナードは一方を舌先で弄び、もう一方を指先で嬲った。

「んんっ」

それだけでなく、今度は蜜口を指先でこすられる。くちゅり、と卑猥な水音と触れる指先に腰が跳ねた。

「っ、あ、あぁっ、……だ、めぇ……っ、レナード、だめ……っ」

「まだ入り口触っただけなのに、とろっとろだ」

「咥えたまま、しゃべらないでぇ……！」

蜜口から聞こえる淫猥な水音に混ざって、レナードが乳首を咥えたまま上手にしゃべる。舌先が変に触れて、そこから痺れるような快感が走った。ぬるぬると蜜口を指先で撫でるレナードの指先が、少しずつ、ゆっくりとナカに入っていく。

「んんっ……、あ、……あぁ……っ」

肉壁を擦って入ってくる指の感触に、ぞくぞくとした快感が肌をなぞった。

「ああ、すごい。……シアのナカが絡みついてくる」

嬉しそうに話すレナードの指が、浅く出し入れを繰り返している。焦らすような動きに身体を震わせて耐えるも、身体は快楽を求めるように勝手に動いてしまう。気持ちいいところを探して自然と動く腰に気づかないふりをした。

「シア、気持ちいいんだ？」

「……え？」

ふ、と口元を緩ませたレナードが意地悪く笑った。

「腰、動いてる」

嬉しそうに囁く彼の言葉で、一瞬にして頬が熱くなる。

「ち、ちが……っ！」

彼にはしたない自分を気づかれてしまい、シンシアは慌てて首を横に振った。恥ずかしくて目に涙が滲んでくる。羞恥でどうにかなってしまいそうだ。

「いやらしいシアも好きだよ。……だから、ご褒美をあげる」

「え？　あの、レナード……、っあ、あぁ」

奥までぐっと指を突き入れられた直後――。

「ひぅっ」

勢いよく、ナカをかき回された。その激しい指の動きに、ぐちゅぐちゅと卑猥な水音が出る。奥からどんどん溢れ出る蜜でレナードの手を濡らすだけでなく、己の太ももにも伝っていた。

「あぁっ、ん、……っん、あ、あ」

リネンを握りしめて声をこらえるが、レナードの舌先がシンシアの乳首を揺らして、わざと声をあげさせようとする。身体を侵す甘い痺れに、シンシアは膝をがくがくさせながら、与えられる快楽に声をあげた。

「やぁ……、あぁっ」

「どんどん溢れてくるけど、そんなに俺のことが好き？」

好き。好き。大好き。

胸に溢れる言葉に心が締め付けられる。しかし、彼の指はシンシアが思っていることとは別に引き抜かれてしまった。もっとかき回してほしい。みだらな欲望にまみれた恥ずかしい気持ちに、恥じらいなんてない。レナードに与えられた快感によって、理性はとっくに快楽の海に溺れていた。

「……レナード……？」

自分でも聞いたことのない蕩けた声で彼を呼ぶと、レナードはシンシアの腰に手を添えて蜜口にそれを誘導するようにあてがった。

「シア、そのままゆっくり腰を落として」

「……え？」

「俺を、ナカに入れて？」

彼の甘く、ねだった声に、背筋をぞくぞくとした快感が這い上がっていく。シンシアは誘われるようにあてがわれた彼の熱に、腰を落としていった。ぐちゅ、と卑猥な水音がして、彼が入ってくるのがわかる。溢れた蜜が彼の熱を受け入れる手助けをしていた。

「ああ、シアのナカに入ってく……、そう、もうちょっと」

最後まで腰を落とすと、突き上げられる感覚に背中がのけぞる。自己を主張する彼を感じ、シンシアは完全に彼の熱を咥え込んだ。

「……っはぁ、……はぁ、レナード……」

「シア」

レナードを見下ろすと、彼は嬉しそうにシンシアの名前を呼ぶ。その声に応えるように、自然と腰を動かしていた。ここから先は知っている。以前、腰の動きを彼から教えてもらった。過去の記憶とレナードを気持ちよくしたいという欲求から、シンシアは身体を前後に揺すり始めた。

「え、あ、……ッ、シア……っ⁉」

ぐちゅぐちゅと繋がっているところから音がして、動かすたびに彼の熱を肉壁がきゅっと抱きしめる。そのたびに、レナードが切なく眉根を寄せて甘い吐息をこぼした。

「……ん、んっ。っはぁ、シア、こら……っ」

レナードの気持ちいい声に、嬉しさが勝る。

「もしかして、……レナード気持ちいいの……?」

動きを止めたシンシアが小首を傾げて訊くと、彼の表情は変わらなかったが、シンシアのナカにいる〝彼〟の質量が増した。

「……ッ!? あ、あの、レナード今……!」

「……俺のせいじゃない」

「でも、おっきくなったよ!? っん、ほらまた!」

「あーもー、シア、うるさい」

レナードがシンシアの手首を摑んで、自分のほうへと引き寄せた。彼の身体にしなだれかかるように上半身をぴったり合わせると、彼の熱が花芽に触れる。

「んっ」

思わぬところから快感を与えられたシンシアが身体を小さく震わせた瞬間、レナードが下から突き上げてきた。

「……っ、ひゃ、あぁ……っ、だめぇっ」

自分の体重で繋がるところがもっと深くなった。お腹を突き上げられるような感覚に、シンシアはレナードにしがみつくようにして肩口に頬を預ける。

「や、やぁ……っ、つきあげ、ちゃ……っ」

「嫌だ。シアの気持ちいい声、もっと聞かせて」

このままではレナードの好きにされてしまう。快楽の海に溺れながらも、頭のどこかでもうひとりの自分が囁く。シンシアだってレナードを気持ちよくさせたかった。

「ん、んっ。レナード、だめぇっ！」

かぷ。目の前にあったレナードの耳たぶに軽く歯を立てた。すると、首をすくめた彼の動きが止まった。

「……ちょ、シア……っ」

舌先で耳たぶを丁寧に舐めながら、レナードに倣ってわざと音をたてさせる。ちゅぅと吸いつくたびに、レナードの身体から力が抜けた。

「本当に耳が弱いのね」

猫のように舐めていると、子どものころの思い出が蘇った。

幼いころ、レナードに苦手意識を持っていたシンシアは、彼の姿を見かけるたびに怯えていた。それがルイスの目には〝レナードがシンシアをいじめている〟というふうに映ったのだろう。彼は「内緒だよ」と言って、レナードの弱点を耳打ちしてくれたのだった。

しかし、弱点を教えられても当時のシンシアはレナードに近づくことすらできなかったため、今の今までその弱点を責めたことがなかった。それが今、こうして役に立つことになるとは、当時の自分は想像もできなかったことだろう。教えてくれたルイスには、感謝しなければいけない。

「ん、んぅ、……シア……、だめ、だ……っ」

レナードのこらえる声に、シンシアの心がきゅっと締め付けられる。もっともっと彼を感じさせたい。もっともっと彼の甘い声を聞きたい。膨れ上がった欲求に、シンシアは自然と身体を起こして、レナードを見下ろした。

「……っはぁ。……シア？」

いつもは精悍な眼差しを向ける紫の瞳が、とろりと蕩けている。頬はほんのり紅潮し、ナイトガウンがはだけていた。いつもは見ることのできない、彼のしどけない姿にどうしようもなく色気を感じる。

「私も、レナードを気持ちよくしたいの」

好きだから。もっともっと、彼を知りたいから。

そう思うと自然と腰が動いていた。

「ん、あ……っ」

さらに大きくなった彼をナカに感じる。シアを止めようとレナードの腕が伸びるが、その手に指を絡めて、花芽を彼にこすりつけるようにして動いた。

「んっ、んん」

腕の間に挟まれた己の乳房が、いやらしく上下に揺れる。

「シア、どこでこんな……、ん、いやらしい腰使い覚えたんだ……っ」

「レナードが……、あぁっ、んぅ、……はぁ、教えてくれた……よ？」

それをただ実践しているだけなのだと伝えるが、レナードはそれに対して何も答えなかった。が、彼の熱は正直にも膨れ上がる。

「シアの馬鹿」

何かをこらえるように呟いたレナードが、無理やり上半身を起こす。

「やだ、もうちょっとする――んぅ！」

絡める手に力をこめたレナードが、シンシアの唇を塞ぐようにくちづけた。触れ合う唇から甘さが生じ、やがてシンシアから力が抜けていく。絡めていた指が自然と離れ、もっとくちづけを強請るように、レナードの首に腕を回した。

「ん、……んぅ」

貪るようにくちづけていた唇が離れ、互いを繋ぐ銀糸がふつりと切れる。うっとりとレナードを見つめるシンシアに、彼は意地悪く微笑んだ。

「こっちのほうが、気持ちいいだろ？」

くちづけが好きだと知っていて訊いてくるレナードに、シンシアは小さく悪態をつく。

「………意地悪。私だって、もっとレナードを気持ちよくさせたかったのに」

レナードはもう一度シンシアの唇を塞ぎ、その紫の瞳に情欲の炎をたぎらせた。

「だめ。ここから先は、俺の好きにさせてもらう」

その直後、反対に押し倒されて、今度は彼に見下ろされる。

「シアを、俺に愛させて」

怖いくらいの欲望を紫の瞳にたぎらせたレナードに心臓が高鳴った瞬間、もう一度唇を塞がれた。

「ふ、ぅん、ん、んーっ」

ゆるゆると腰を動かされ、肉壁を彼の熱で擦りつけられる。身体に甘い痺れが走り、奥まで届く彼の熱に身体が震えた。さっきまでのまとわりつくような快感ではなく、しっかりとした快楽が身体を震わせる。

「っ、はぁ……、っ、ああ、たまらない……っ」

上半身を起こしたレナードが、今度はシンシアの乳房を下から掴むように揉みあげた。荒々しく両方の乳房を揉みこまれたと思ったら、指先が勃ちあがった乳首を揺らす。

「っあぁ、や、それ……おかしくなっちゃ……っ」

胸の先端から与えられる甘い痺れに、身体が何度も弓なりになった。頭の中が痺れて何も考えられない。泣き濡れた瞳で見上げたレナードは、口元を緩ませて唇に触れてきた。激しく腰を突かれ、指先から痺れるような快感を与えるレナードのくちづけは、優しく甘い。

「んぅ、……は、んぅ」

もっと甘い唇が欲しくて、求めるように腕を伸ばしたシンシアが心の中で好きだと何度も言う。好き。好きなの。だからもっと、もっとちょうだい。足りない。

――もっと。レナードを、ちょうだい。

身体を繋げて、肌を触れ合わせて、これ以上何が欲しいのか。自分が今一番彼のそばにいるのに、どうしても〝もっと〟近くにいきたかった。

言葉にできない気持ちが涙となって溢れる。

「シア……、シア」

こぼれ落ちる涙を舌先で掬うレナードが、名前を呼んでくれた。

まるで、好き、が上から降ってくるようだった。

レナードの唇がシンシアの名前を紡ぐたび、甘い告白をされている気分になる。だからシンシアも応えるように彼の名前を呼んだ。

もっともっとベッドの上が「好き」で溢れてしまえばいいのに。

「シア……、俺のかわいいシア」

繋がっているところが、とても熱い。レナードもナイトガウンを脱ぎ捨てて、互いのしっとりした肌を感じ合う。何度も揺さぶられ、勃ちあがった乳首が彼の胸に擦れて、さらなる快感を連れてきた。

「好き」

もっと言ってと抱きしめる腕に力をこめると、彼が応えるように抱きしめ返してくれる。

「好きだよ、シア」

幸せに突き動かされるように彼の身体をぎゅっと抱きしめた。レナードの気持ちがもっと欲しくて、うわ言のように彼を求める。

「レナー……ド、もっと……、もっと欲しい……っ」

一瞬、目を瞠ったレナードがシンシアを強く抱きしめると、耳元で囁く。


「愛してる」


その一言。そのたった一言だけで、胸がいっぱいになった。自然に愛しさと快楽が混ざり合い、何もこらえるものがなくなる。理性が快感に染まっていく中で、彼の背中に回った手に力が入った。

「ふぁ、あぁ……っ。やぁ、も、だめ。レナードだめ……！」

「爪、立てていいから、……激しくさせて……っ」

彼の切羽詰まった声とその動きが引き金となり、シンシアの視界が真っ白にはじけていく。縋るようにレナードを抱きしめたシンシアは、自分のナカで彼の熱が爆ぜたことを同時に知った。繋がっているところからどくんどくんという音が聞こえ、熱がたっぷりと注ぎ込まれる。何度か身体を震わせたレナードが甘えるようにシンシアを抱きしめてくるのを感じ、そっとその頭を撫でた。

「……シアが、初めて俺のことを欲しいって言って……、俺、幸せでどうにかなりそう」

「え……？」

「何、違う意味なの？」

シンシアの反応に、呼吸を整えたレナードが身体を起こす。不服そうにシンシアの反応を探ろうとする彼を見上げながら、シンシアは考えた。あのときは、レナードの言う「好き」が欲しくて「欲しい」と言った。しかし、レナードが欲しくなかったのかと言えば、嘘になるわけで。だから、つまり――。

シンシアの思考を遮るように、レナードがちぅ、とくちづけてきた。

「もう、ひとりで考えるな。……俺もいる」

額をこつりとつけあわせたレナードが、穏やかに告げる。

「シアは、ひとりじゃない」

その言葉が嬉しくて、シンシアは口元を綻ばせて唇を重ねると、満面の笑みで微笑んだ。

「レナード、好きよ。大好き」

終　章　幸福の花嫁

もう、こんな幸せ味わえない。

自分の支度が整っていくのを肌で感じながら、シンシアは緊張に高鳴る胸をそっと手で押さえた。

「はい、もう目を開けて結構ですよ」

ロッティの声に瞼をゆっくり押し上げると、鏡に映った自分が見える。

先ほど丁寧に梳いてもらったはずのハニーブロンドは白いヴェールによって覆われ、夜の帳が下りていく深い瑠璃色の空を模したような瞳は、その白い肌と衣装に映えた。ぷっくりとした淡い薔薇色の唇は、朝露を含んだ花弁のように潤っている。

あのときよりも豪奢な花嫁衣装を身に纏い、シンシアは緊張とともに大きく息を吐き出した。明るい部屋に差し込む太陽の光で、きらきらと純白のドレスが輝いている。

「シンシアさま、準備がすべて整いました」

　鏡越しに映るロッティが幸せそうに微笑んだ。シンシアの大好きな春の陽射しのような笑顔に、口元が自然と綻ぶ。

「すごくお似合いですよ」

「ありがとう」

　今までシンシアの支度を手伝っていた侍女たちも次々と控室から出て行き、ロッティとふたりだけになった。開け放たれたバルコニーから、爽やかな風が吹き込んでくる。その風が、緊張を解すようにシンシアの頬を撫でていった。鏡越しにロッティの表情を見ながら、シンシアはその場に立ち上がって彼女に向き直った。

「……ねぇ、ロッティ」

「はい、シンシアさま」

「あのとき、私のために泣いてくれてありがとう」

　素直な気持ちを告げるシンシアに、ロッティは目を見開いた。いつも一緒にいてくれた彼女に、どうしても感謝を伝えたかった。

「それから、ひとつ嘘をついてしまったわ」

「……嘘、ですか？」

「ええ。あのとき、私はロッティに幸せだって言ったけれど、あれは嘘」

「……」

「今のほうが、もっともっと幸せよ」

大好きなロッティがいて、愛するレナードがいて、慕ってくれるシャーリィがいて。

「だから、謝らせて。嘘をついて、ごめんなさい」

シンシアが申し訳なさそうに顔を伏せると、ロッティが慌てて言う。

「いいんです……、いいんです！　シンシアさまが、幸せだと素直にそう感じられるのなら、私は……、私もこんなに嬉しいことはありません……！」

再び見つめたロッティは、目に涙を浮かべていた。が、すぐにロッティから抱きしめられてしまい、彼女の涙を拭ってやることができなかった。

「これは、王妃さまの……、シンシアさまのお母さまの代わりです」

涙声でぎゅうっと抱きしめてくれたロッティは、母と同じように背中を撫でてくれた。その仕草に、シンシアもぐっと胸が詰まる。

「かあさま……、喜んで、くださる、かしら……」

ロッティは、もうすっかり涙を流しているのだろう。返事がなく、ただこくこくと頷いているだけだった。しかし、ロッティ以外でシンシアの問いかけに答える者がいた。

「当然だ」

いつの間にいたのか、開かれたドアから部屋に足を踏み入れる人物が、微笑む。

彼の鮮やかな青銀髪が揺れ、その隙間からライラックを思わせる深い紫の瞳が覗く。真っ白なタキシードを身に纏ったレナードの姿に、ほぅとため息が漏れた。ロッティは目元の涙を拭い、シンシアのそばから離れる。コツコツと靴底を鳴らしてシンシアの前にやってきたレナードは、嬉しそうに顔を綻ばせた。

「綺麗だ」

「……レナードのほうが、綺麗だわ」

うっとりとレナードを見上げるシンシアが思わず本音を漏らすと、彼は苦笑を浮かべた。

「シアは、やっぱり俺の話を聞いてくれないな」

「わ、わざとじゃないのよ……？」

「ああ。わかってる」

短くなった髪の毛に指を差し込んだレナードが、梳くように撫でる。髪に神経が通っているわけではないが、無性にどきどきした。

「そ、そういえば、どうしてレナードはお母さまが喜んでいるってわかるの？」

「俺にシアを託したのが、そのお母さまだからだ」

「……どういう、こと？」

首を傾げて不思議がるシンシアに、レナードは微笑んだ。

「シアは、俺と初めて会ったときのことを覚えているか？」

「ええ。大きな声が出せなくて、レナードに怒られたのよね」

「ああ。そのあとのことだ」

「……え？」

そのあと、というのはシンシアが次に起こした行動のことだろうか。他人が何をした、というのは覚えていても、幼い自分が何をしたのか、というのは正直あまり覚えていない。

「覚えてないわ」

素直にそれを伝えると、レナードは懐かしそうに口を開く。

「顔を真っ赤にして、部屋に響くぐらいの大きな声で名前を言ったんだ」

そんな大胆なことをしていたとは知らなかった。驚きに目を瞠るシンシアに、レナードは楽しい思い出を語るように聞かせた。

「小さな身体を震わせて、決して自分の両親に恥をかかせまいとしている健気な姿がかわいくてな。俺にそうまでして向かってきた女をひとりも見たことがなかった。すぐにシアを気に入った幼い俺は、すぐに君のお母さまのもとへ向かったんだ」

「……お父さまではなくて？」

「一国の王に、娘をくれ、と言って門前払いされるよりも、先に母親にとりいったほうが味方になってもらえるかもしれないだろ？」

そんな小さなころから用意周到な性格だったなんて、知らなかった。唖然とするシンシアの瑠璃色の瞳を、レナードがじっと覗きこむ。

「で、会いに行ったらちょうどシアが王妃さまと一緒にいたんだ」

「私が……？」

「ああ。これは都合がいいと思って、その場ですぐに求婚を迫った」

レナードの行動力に驚きを通り越して、呆れすらする。

「そこで俺はシアに求婚を断られたんだが……、妙に王妃さまに気に入られてな。遊びにきなさいと言われるようになった。俺が、最後に王妃さまに会ったのは、病床に臥せっていたときだ。そこで、……シアを託された」

『あの子、意地っぱりでちょっとめんどくさいところもあるけれど、……それでもレナードさまの気が変わらなかったら、どうぞお嫁にもらってあげて。そして、シアの幸せを私が誰よりも一番願っていたと、伝えてほしいの』

彼の紡ぐ母の言葉に、胸が詰まった。

母の言いそうなことだ。忘れかけていた母の声をその話で思い出し、こみあがる涙を止めることができなくなる。レナードはそんなシンシアを抱き寄せ、背中を撫でた。

「あ、それから、シアにもうひとつ話がある」

「な、何？」

「今朝早くに、早馬でフロスト国王から書面が届いた」

今日の結婚式参列の件だろうか。

あれから、シャーリィが国に戻ってから、シンシアはシャーリィと手紙のやりとりをしていた。最初は、シャーリィの無事を確認したくてしていたものだった。しかし、それが回数を重ねるうちに、ようやく自分が王妃に憎まれている理由がわかってきた。

継母はシンシアの母である前王妃にかなりの嫉妬を抱いていたようだ。父の執務室には私室があり、そこには父の大事な品があると言われている。そこに、王妃がうっかり入ってしまったのだろう。前王妃の肖像画が大事に飾られ、彼女の縁の品々が大切にとっておかれていたそうだ。それを見て、少しずつ王妃がおかしくなってしまったらしい。父も、王妃の異変に気づいてはいたのだが、国の大問題である濃霧のことにかかりきりになって、なおざりになっていた。いよいよ王妃の行動がおかしいと思い始めた父は、密かに彼女を探っていたらしい。そこで、今回起きたシンシア拉致計画を知り、レナードに危険を知らせるためにシャーリィに手紙を持たせた。そこには、シンシアを攫う際、どの街道を使ってどこの関所に向かうのかが事細かに書いてあり、レナードはその情報があったからこそ、シンシアたちのところへ辿り着いたのだと、レナード本人から聞いた。

そんな状態の継母を、今は父とシャーリィが親身になって支えている。まだまだ〝約束〟の実現までは遠く、今は継母のことで手一杯のため、結婚式への参列もできるかどうか怪しいと、つい最近もらったシャーリィの手紙には書いてあった。――のだが、早馬がきたということは、何か進展でもあったのだろうか。

「何かあったの？」

「いや、深刻な問題は起きていない。そう心配するな」

苦笑するレナードの声に、ほっとする。では、なんの用だったのか。それを、レナードは話してくれた。

「手紙の内容を読むと、新しい街道の件で国王陛下御自らは難しいが、シャーリィが宰相と一緒に国の代表として俺たちの結婚式に参列するようだ。しかも、もう昨夜、国を発っているらしい」

「……まぁ。……ちなみに、その書簡はどうして今朝届いたの？　昨夜出立したのならもっと早く馬を出せたはずでしょう？」

「……それが……」

レナードにしては珍しく、言いにくそうに口を開けた。

「シャーリィから、お姉さまには内緒にしてね、と釘を刺されたそうだ」

そうは言っても、シャーリィはフロスト王国の王女だ。ランドルフ王国からすると国賓扱いになるため、国王が一応連絡だけは入れておいたということらしい。こっそり手紙で伝えるあたり、父らしいかもしれない。

「それでは、盛大に驚かないといけないわね」

「そうだな」

ふたりでくすくすと笑い合っていると、ドアをノックする音が部屋に響く。中に入ってきたのは、アルフレッドだった。

「殿下、時間です」

「わかった」

きりり、とした空気を纏い、レナードがシンシアに向き直る。

その精悍な眼差しと表情に思わず見惚れた。今、目の前に立っている人がこれから生涯の伴侶になるのだと思うと、嬉しさと幸せが入り混じり、かすかな不安が顔を覗かせる。

「……ん？」

どうした。と、言うように見下ろされ、シンシアは慌てて首を横に振る。

「なんでもないわけがないだろ。一人で考えてるんだったら、俺にもちゃんと話せ」

シンシアに向き直ったレナードが、驚くシンシアの両頬をそっと両手で包み込んだ。頭の中に、あのときのレナードの言葉が蘇る。

『シアは、ひとりじゃない』

そうだ。一人でいることが当たり前でいたころの自分とは、違う。

それを改めて思い出したシンシアは、ゆっくりとレナードに考えていたことを伝えた。

「これが、本当の本当に最後なのだけれど」

「ん？」

「…………レナードを、私のものにしてもいいの？」

驚きに目を見開くレナードに、シンシアは顔を真っ赤にして続けた。

「だ、だって、こんなに素敵な人とずっと一緒にいられると思うと、……幸せすぎて怖いっていうか、……なんか申し訳ない気がして……」

「誰に？」

「……だ、誰かに……？」

シンシアが漠然とした不安とも言える気持ちを吐露すると、レナードが声をあげて笑った。こんな彼を見るのは初めてで、視界の端でアルフレッドも目を瞠っていた。

「レナード……？」

「いや、……おもしろいマリッジブルーもあるものだと思ってな。……んー、そうだな。では、こうしよう」

美しい唇が、ゆっくりと言葉を成す。

「好きって、言って？」

幸せそうに微笑む彼を見上げて、どうしようもない幸せに包まれる。こうして微笑む彼を幸せにしたい。そう思ったら、自然と唇が言葉を紡いでいた。

「嫌です」

母の背に隠れていたあのときと、同じ返事を口にする。——もちろん、違う意味で。

「だって」

その場で固まったレナードの頬をそっと両手で包み込んだシンシアは、口元を綻ばせた。

「私はあなたのことを愛しているもの」

溢れた愛情の言葉に、レナードが意表をつかれたように目を瞠った。そして。

「では、俺は喜んでシアのものになろう。だから、シアも俺のものになって？」

幸せそうに微笑んだレナードが、くちづけを強請るように言う。見つめ合った二人の唇が、徐々に近づいていく途中で——。

「そこから先は、式典が終わってからにしてくださいね」

頬を染め、あらぬ方向を見ているアルフレッドの声に、吐息が触れ合う距離でぴたりと動きが止まる。お互いに顔を見合わせたあと、レナードが小さく息を吐いた。

「しょうがない。心臓に悪いことを言ったシアをいじめるのは、楽しみにとっておこう」

意地悪く微笑んだレナードが、羞恥に頬を染めるシンシアに向かって手を差し出す。

「シア」

甘く名前を呼ばれたシンシアは幸せを胸に、彼の手を取った。

幸せの鐘の音がランドルフ王国に響き渡り、式よりも先にこっそり誓いのくちづけを交わした二人は、手に手をとって歩き出す。幸せな未来に向かって——。

あとがき

初めましての方もそうでない方もこんにちは。伽月《かづき》るーこと申します。

このたびは、本書『さらわれ婚　強引王子と意地っぱり王女の幸せな結婚』をお手にとってくださり、まことにありがとうございます。

ティアラ文庫さまでは二作目となります本作ですが、いかがでしたでしょうか？

私なりに『王道』を求めた結果、このような形に落ち着きました。少しでも楽しんでいただければ嬉しいかぎりです。そして今、一生懸命、今作作業中に自分が何をしていたのかを必死に思い出そうとしているのですが、不思議なことにまったく思い浮かびません！　どういうことだ！

覚えていることは、イラストを担当してくださいましたアオイ冬子《ふゆこ》さまのキャララフに悶絶したことだけですね！　どうしよう、それだけ!?　うん、それだけですね！

なにせ、アオイさまのレナードがイケメンすぎて、パソコンデスクに額を打ち付けて悶絶していたぐらいですから……！　シンシアもまたかわいらしくて、守ってあげたくなりました。そんな子が、自分の両手をつきだして、まさかあんなことを言うとは……！　自分でもびっくりです！

大好きなアオイさまとご一緒できて、光栄というか恐縮というか、本当に本当に幸せでした。ご担当くださいましたアオイさま、イメージどおりのふたりを描いてくださり、また、素敵な挿絵をありがとうございます。感謝してもしきれません!!

また、今作も愚鈍な私をしっかりと導いてくださいました担当さま！　改稿中、悩んでしまったときなど、忙しいというのに時間を割いてくださりありがとうございました。担当さまがいらっしゃらなかったら、私はきっと途方にくれていたことでしょう……。

そしてそして、最後になりましたが、ここまでお付き合いくださいましたみなさま！

本当に本当にありがとうございます！　少しでも楽しんでいただければ幸いです。

前作のあとがきを読んだ友人から「卑猥《ひわい》だ！」というお言葉をいただきまして、今回はこのままいい子で終わろうと企んでおります。ちなみに、今作私が捧げた初めてはいろいろな体位でしょうか!!　はい、どうでもいいですね！

――こほん、それでは最後に。

素晴らしいイラストで今作を彩《いろど》ってくださいましたアオイ冬子さま、担当さま、友人、家族、本書を手にとってくださったみなさまに、心からの御礼と感謝を。

二〇一四年九月　伽月るーこ

さらわれ婚《こん》

ティアラ文庫をお買いあげいただき、ありがとうございます。
この作品を読んでのご意見・ご感想をお待ちしております。

✦ ファンレターの宛先 ✦
〒102-0072　東京都千代田区飯田橋3-3-1
プランタン出版　ティアラ文庫編集部気付
伽月るーこ先生係／アオイ冬子先生係

ティアラ文庫WEBサイト
http://www.tiarabunko.jp/

著者――伽月るーこ（かづき　るーこ）
挿絵――アオイ冬子（あおい　ふゆこ）
発行――プランタン出版
発売――フランス書院
〒102-0072　東京都千代田区飯田橋3-3-1
電話(営業)03-5226-5744
(編集)03-5226-5742
印刷――誠宏印刷
製本――若林製本工場

ISBN978-4-8296-6711-8 C0193

ティアラ文庫

Tia6648

♥ 好評発売中! ♥